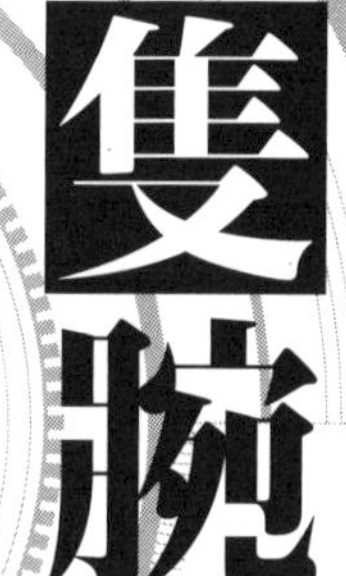

隻眼・隻腕・隻脚の魔術師

―森の小屋に籠っていたら早2000年。気づけば魔神と呼ばれていた。僕はただ魔術の探求をしたいだけなのに―

2

すずすけ―著
すみ兵―イラスト

TOブックス

イラスト――すみ兵
デザイン――伊波光司＋ベイブリッジ・スタジオ

CHARACTERS

ソフィア

サンティア王国アインズ領自治都市、「銀雪騎士団」所属の騎士。従者としてエインズに忠誠を誓っている。初心。

ライカ

ランディ侯爵の長女。魔術学院への口利きをすることを条件に、エインズに護衛を依頼。彼に衣食住を提供している。

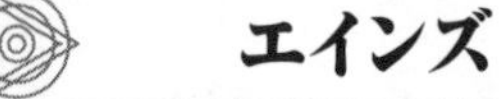

エインズ

隻眼・隻腕・隻脚の魔術師。研究に引きこもっているうちに2千年時が過ぎていた。本人は気づいていないが、アインズ領自治都市の根幹を成した偉大な魔術師・『銀雪のアインズ』として崇められている。魔術探究のため、気晴らしのぶらり旅中。

リーザロッテ

『悠久の魔女』と呼ばれ、恐れられている魔術師。謎に包まれているが、エインズとは因縁の仲らしく…？

◎リート	エインズが魔術を教えた戦争孤児の少年。
◎ガウス	銀雪騎士団の団長。
◎カンザス	ライカの父。
◎キリシア	サンティア王国王女殿下。
◎ヴァーツラフ	サンティア王国国王。

プロローグ

サンティア王国の王都キルクには多くの人間が集まってくる。それは、国内はもちろん、魔法文化の発展による高い生活水準の暮らしを求めて国外からも流入してくる。

そこは場末の飲み屋のような男衆でむさ苦しい空間で、ガラの悪い者や人相の悪い者が多く屯（たむろ）していた。

「兄貴、本当に俺たちは兄貴について良かったぜ！　銭勘定を考えずにこんなにも酒を飲めるなんてな」

ジョッキを傾ける男どもはその誰もが顔を紅潮させ大声で笑い合い、安酒の樽をどんどん空にしていく。

人相の悪い男から兄貴と呼ばれたその人物は、周りの男衆とは風格が違っていた。ガラの悪そうな雰囲気は一種なのだが、その巨大な丸太のような体格に鋭く力強い眼光。纏（まと）っている空気は周りの小者らのそれとは比べ物にならない程に豪傑。

「ああ、王国古参の貴族様の財力には俺も本当に驚いたぜ。まさかここまでとはな。あのボンボンの坊ちゃんには頭が上がらねえ。態度には腹が立つがな」

その大男のそばには、その大きさ、重さゆえに常人では持ち上げるのがやっとな大剣が立てかけられている。どうやら大男の得物のようだ。しっかりと調整がなされ、適度な装飾を施されたところを見るに、特注らしい。大男が魔法士ではなく王国では珍しい剣士であることが窺えた。

「そんな貴族ご当主様や坊ちゃんのご機嫌取りをしている兄貴のために俺たちも力になりたいと思いましてね」

「ん?」

「兄貴、聖遺物を見つけましたぜ。これを坊ちゃんに渡せばご機嫌も良くなるどころか、昇天しちまうかもしれませんぜ」

「そこまでのもんなのか? まあ、好きにしてくれ」

まるで興味が湧かない大男はすんなりと、話を聞き流す。

「へい。近く手に入れに行ってきますので、結果を楽しみにしていてください」

大男は手下の男の浮かれように若干冷めながらも、その言葉が本当なら横柄な態度が鼻につく坊ちゃんから、使い走りのように「タリッジ!」と顎でこき使われることもなくなるのだろうか、と漠然と思ったのだった。

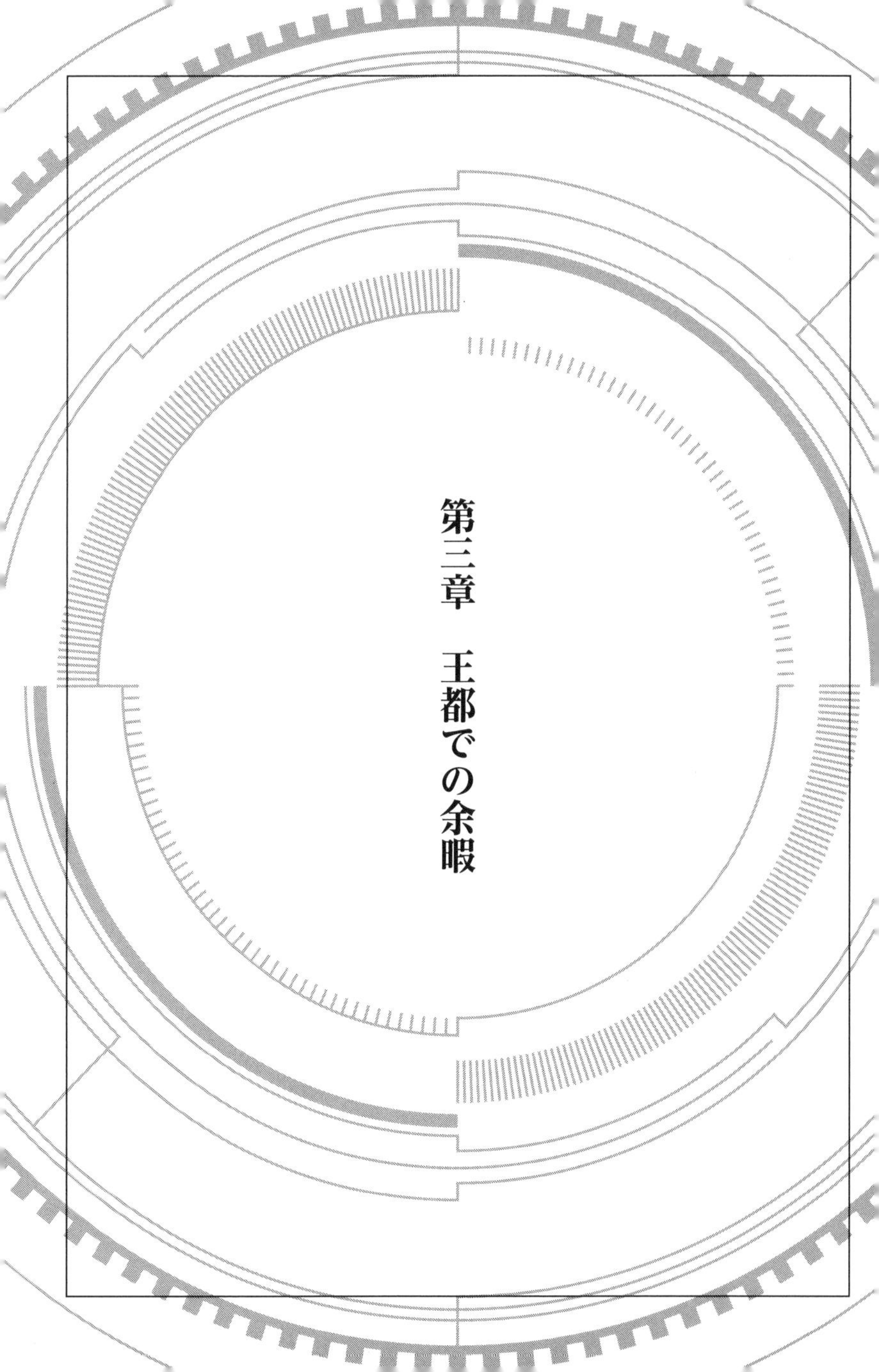

第三章　王都での余暇

第一話　食い扶持を稼ぎ

エインズ達は、王城から馬車で帰路についていた。

当然エインズは、別邸につくまでカンザスに「広間での出来事に肝が冷えた、生きた心地がしなかった」などと延々と愚痴られ続けることとなった。

ライカは気疲れですぐに眠ってしまっており、ソフィアは目を閉じ外の気配に注意を払っているようで、愚痴を受け続けるエインズに助け舟を出す様子はない。

そして当の本人は、カンザスの言葉を右から左に聞き流していた。

というのもエインズは長々と愚痴を言われることに慣れていたからだ。

（シリカにもよく説教をされたけど、彼女の場合はもっと熾烈（しれつ）だったなぁ……。鉄拳が飛んできたこともあったっけ）

タス村の森奥に構える小さな小屋で魔法魔術の探究をしてきたエインズ。エインズを弟として接してきたシリカは面倒を見てくれたが、魔術の探究に熱が入りすぎてエインズはシリカとの約束をすっぽかすことが多々あったのだ。

探究に行き詰まり新しい刺激を求めて久しぶりに森の外に出たけれど、シリカにはまだ会っていない。それに思いにもよらない程に発展したタス村の姿に驚き、それどころではなかった。

そこに住む者は、タス村をアインズ領と呼んでいた。村の大きな変化に戸惑いながらも、エインズの目的は気晴らし。王都キルクに「魔術学院」があることを聞き、とりあえず旅を始めたのだった。

アインズ領銀雪騎士団のソフィアとともに旅を始めたエインズはその途中、道中で盗賊らに標的にされていたブランディ侯爵家の一人娘、ライカと遭遇。

盗賊の中に魔術師がいるとライカが言うので興味を持ったエインズは、その戦闘に協力と引き換えに魔術学院への口添えをしてもらうことにした。

だが盗賊討伐の功績を称え王城に招かれ、その内謁の場で無礼を働いてしまった上に現れた魔術師らしい女性と一触即発の空気になってしまった。

（……あの女性は誰なんだろうか。魔術を知っていたようだし、出来たら魔術談義なんかしてみたいところなんだけどなぁ）

エインズはブランディ家当主カンザスの愚痴を聞き流しつつ考えるのだった。

邸宅の前に馬車が着くと、すでにリステをはじめとしたメイドたちが待機していた。

「ご主人様、お昼の準備が整ってございます……が、皆様お疲れのようですので、何か甘いものと入れ替えましょう」

瞼（まぶた）をこするライカに、下車後も口調は穏やかながらぐちぐちと責めるカンザス、げっそりとした顔でその横を歩くエインズ、普段通り凛としているソフィアの四人を見てリステは昼食のメニューを変更した。

昼食を取りながら、カンザスはエインズに尋ねた。

「エインズ殿、魔術学院のこともございますし、王都にはしばらくいらっしゃるのでしょう?」

エインズが魔術学院のこともありしばらくはキルクにいる旨を伝えると、カンザスはこの邸宅での滞在を提案してきた。

エインズにとっては願ったり叶ったりで、そのありがたい提案を即座に受け入れた。

○

それから数日。

街を散策したり露店の食べ物に舌鼓を打ったりと、エインズはのんびりした生活を送っていたのだが……、

「このままじゃまずい……。完全にヒモじゃないか」

朝少し遅い時間にブランチを一人取っていたエインズは気づいた。後ろにはエインズの身の回りのことを本人が断らない限り全て世話しようとする名前も知らぬメイドが控えている。

ここブランディ別邸に来てからというもの、衣食住においておんぶにだっこであるどころか、黙っていればエインズが死んだときの墓まで準備してくれそうなほどの施しを受けていた。

さすがにこの恩は返さなければならないな、という至極一般的な心くらいは、変人の彼でも持っていた。

「ライカはどこにいるの?」

エインズが後ろのメイドに尋ねる。

「ライカ様はお庭にてソフィア様と剣の打ち合いをしておられます」

「ソフィアの腕ならば、上達も早いかもしれないな」

「近く、魔術学院の入学試験もございますので、お嬢様も良い刺激だとおっしゃっておられました」

魔術学院でも剣術が試験にあるのか。話を聞く限り、王都キルクの魔法士はどうも頭でっかちの自尊心の塊のような人物ばかりだと聞く。

剣術が試験内容に含まれているということは、少なくとも魔術学院の教育方針は腐っていないのであろう、エインズはそう思った。

「……少し様子を見てみようかな」

○

窓から見える空は雲一つない青空で、それだけで陽気な気分になる。

エインズは散歩したい気持ちをぐっと抑え込み、庭の方へ向かった。

何の益も生み出していないエインズがすれ違っても、ここのメイド達は掃除などの動作を一旦止めて頭を深々と下げる。

「きょ、今日はしっかりライカの様子を見るので！」

エインズなりの自分も役に立つというアピールなのだろう。

別に何も聞いてはいないメイドは、「いってらっしゃいませ」と答えるだけだった。

それからもメイドを見かける度に足早に通り過ぎるエインズ。気が付けば駆け足になっており、あっという間に庭についた。

木剣だろう。カンッと軽い音が幾度と辺りに響く。

剣の届く間合いまで詰め寄り、上段からの基本的な振りを繰り出すライカ。

それをソフィアは軽くいなし、横に振るう。

上段から剣を振るったライカの横はがら空きで、剣を片手持ちにしてソフィアの剣撃を受ける。

しかし受ける体勢が良くない。剣先まで力が通ったソフィアの一振りを完全に防ぐことが適わず、
ライカの手から素朴な木剣がこぼれた。

「上段からの一振りは大分と良くなりました。しかし、両手持ちのその振りはその後に決定的な隙を見せてしまいます」

ソフィアは膝をついて息を整えているライカに語る。

「そのため、相手が受けの体勢を十分に取れる際に使用することはおすすめしません。今のように受け流されてしまえばその後の結果は火を見るよりも明らか」

ソフィアは「無論、力押しの剣士であれば同じ結果とはなりませんが」と語りながら芝の上に転がった木剣を拾う。

「も、もう一回しましょう！」

ライカはソフィアから木剣を受け取り、それを支えにして立ち上がる。

「いいえ、とりあえず一旦休みましょう。基礎の型が完全に身体に染み付いていない今のライカ様では、逆に変な癖を残してしまうことになります」

「……ソフィアさんが言うのならそうなんでしょうね」

　立ち上がったライカの靴やパンツにはいくつもの汚れや芝が付いているのに対し、ソフィアの下半身には一切それがない。

　ソフィアの周囲には踏み荒らした形跡もないことから、ソフィアはその場から一歩も動かずにライカを封じ込めたことが窺えた。

「二人とも熱が入っていたね」

　そんな中、エインズの場違いなほどに軽い声が二人の間に割り込む。

「これはエインズ様。おはようございます」

　すぐにソフィアは剣を下げ、頭を下げながら挨拶をする。

「おはよう。さすがは騎士だね。ライカへのアドバイスも理にかなった適切なものだ」

　エインズは腕を組みながら、深く「うんうん」と頷く。

「はぁ、はぁ。……あらエインズ、今日は散歩しないのかしら？」

「きょ、今日はちょっと控えておこうかな、と」

「へぇ。本当はバツが悪くなっただけなんじゃないの？」

「うぐっ」

　服の袖で流れる汗を拭きながらライカは意地悪な顔でエインズを見る。

「ち、違うさ！　僕も剣を嗜むから、ライカに剣術とは何たるかをだね――」

「帯剣もしてない人が剣術を、なんだって？　……まあ、うちのメイドの目が怖くなったんでしよ？　『あのエインズって子、碌な大人にならないでしょうね』って陰でみんな――――」

「そ、そんなこと言われてるの!?」

焦ったようにエインズはライカに言葉を被せる。

「言ってなくても思っているかもねー。少なくともわたしはそう思うもの」

ぐはっ、と分かりやすくライカの言葉が突き刺さるエインズ。

「ライカ様、それはまるでエインズ様がただ無為にここ数日を過ごされていたような言い様ですね。エインズ様はもっと高尚なお方です。日々の中で魔法魔術の発展に繋がるきっかけを見出しているのです！」

そうですよね、エインズ様！　と得意顔でエインズに顔を向けるソフィア。

「やめて……。勘弁して、ソフィア。それは追い打ちだよ」

肩を落としながら呟くエインズにライカは首を傾げた。

「まあでも、アーマーベアを斬り伏せるほどの剣の腕前なんだもんね。ちょっと興味あるし教わろうかしら」

「このエインズに任せなさい！」

エインズは胸をどんと叩く。

「でも疲れた身体は休ませないとだめだからなー。そうでしょ？　ソフィアさん？」

「はい。剣は振れば良いものではありません」

自分の言葉にソフィアが頷くと、ライカはわざとらしい演技をしながらにやりと笑う。

「だってさエインズ。あー、わたしもエインズから剣術の何たるかを教われなくて残念だわー」

「うぐぐ……。ソフィア、だめだよ！　ここで僕が役に立つところを、せめてここのメイドの皆さんに見せないと！　パンくずをテーブルクロスに落とさず食べることも出来ない碌でもないやつだと、本当に陰口を叩かれてしまうよ！」

「さすがにそんな細かい陰口は言わないわよ。でも自覚はあったのね、食後のテーブル上の汚れ様。わざとそうしているのかと思っていたわ」

「エインズ様は男らしくパンを食べているだけです！　パンがそれについていけていないだけで、悪いのはパンの方でございます！」

「ソフィアさん、さすがにそれは無理すぎるわ」

仕えているとはいえエインズに対して甘すぎるのでは、とライカは肩をすくめた。

「ではエインズ様。私にご指導していただいてもよろしいでしょうか？　アーマーベアと打ち合っていた際にお話しになった魔力操作の併用を」

「ああ、あれか。いいよ」

エインズはライカのもとに寄り、木剣を受け取った。

「魔力操作？　剣を振りながら魔法でも使うの？」

ライカが尋ねる。

「いや違うよ。ライカにはまだ早いかもだけど、知識として聞いておいてよ。きっと為になるよ」

剣を左手に持ち、エインズはソフィアからいくらか距離を取って相対する。

「どこから話そうかな。……ライカ、魔法ってどうやって使うんだっけ？」

ライカはそばに控えていたリステに椅子を持ってこさせ、そこに座る。

「体内の魔力を操り、体外に出す。詠唱やイメージが魔力に道筋を与えることによって様々な形や性質をもって発現する、……んだっけ？」

「そうだね。よく覚えている。魔法適性とは厳密に言えば、操る魔力総量の大小が要因の一つ。そして、体外に魔力を発射する魔力操作、詠唱などを用いて体外に打ち出す魔力に魔法たらしめる道筋を描けるか、この三点だ」

「はい。私はその魔力操作と詠唱の精度がネックとなって魔法が使えません」

ソフィアは剣を握っていない方の手で感覚を確かめながら答える。

「魔力総量は先天的な要素が大きい。もちろん、身体の成長に合わせて後天的に増加することもあるが、劇的に変わることはない。詠唱などによるイメージの増幅は努力すれば何とかなる。だけど、魔力操作はセンスによるところが大きい」

エインズはこう言っている。

魔法とは先天的な能力とセンス、そして努力の三つが合わさって初めて使える代物であると。

「だけどソフィア、魔力操作はさらに細分化されるんだよ。体内での操作なのか、体外への操作なのかの二つに」

「体内と体外……」

「そして体内操作に関しては簡単だ。多少コツは必要だけど、意識的に体内の魔力を感じることから始めればなんてことはない」

　エインズは木剣を地面に突き刺し、中指に嵌めた指輪によってアイテムボックスを展開させる。そこからポーションを取り出し、ソフィアに見せる。

「このポーションをソフィアも使ったんだよね？　傷が癒える時に、何か感じなかった？」

「はい。身体の内から込み上げてくる何かを感じました」

「それが魔力だよ。これは、魔力を活性化・増幅させるポーション。付随的な効果として傷が癒える代物だ。その感覚を思い出してごらん？」

　ソフィアは目を閉じ、意識を体内に向ける。

　今はポーションによる魔力が活性化していないため、慣れていないソフィアでは集中しなければ体内をめぐる魔力を感じ取ることが出来ない。

　一分もかからずして、

「なんとなくではありますが、それらしきものは感じました」

「一度感じ取れれば体内操作は簡単だよ。そして、ソフィアの場合はもうここまで行きつけばほとんど魔力操作による身体強化は成ったのも同然だよ」

　手に持ったポーションを再びアイテムボックスにしまうエインズ。

「待ってよエインズ。それだったらわたしも出来るわよ？　魔法も使えるし、体内操作だってマスターしているわ」

　腰掛けているライカがエインズに「それなのにどうしてわたしの場合はまだ早いのよ？」と問い

かけた。

「それは身体の動かし方を完全に把握していないからだよ」

「動かし方？」

思わず首を傾げるライカ。

「たとえばライカ。目を閉じて両腕を横に広げて、肩の高さで地面と平行を保ってみて？」

エインズが何を言わんとしているのか理解できないライカだが、言われたように目を閉じて腕を広げた。

「リステさん。ライカの腕はどうですか？」

エインズはライカの横で見守っていたリステに尋ねる。

「そうですね、右腕が肩の高さよりも下がっています。逆に左腕は肩よりも若干高いですね」

「え？　本当に？」

ライカは目を開けて、自分の腕を見る。

「……よく分からないわね」

腕の高さなど第三者目線でなければ正確に分からないものである。

「これが答えの一つ」

ライカとソフィア、黙してエインズを見つめる二人に続けて語る。

「イメージと実際の動きではどうしてもそこに誤差が生まれてしまう。今の簡単な動作でも誤差は生じる。より複雑な動きになれば尚更だね」

「はい。私でも剣を振るう際にわずかですがイメージとの誤差は生じているはずです」

ソフィアもエインズの言葉に同意する。

「熟練した剣士はその絶え間ない修練の先に、イメージと実際の動きの間に生じる乖離(かいり)を極限にまで無くす。それでも拭い去れない誤差は」

「剣の振りであれば、全て把握しております」

エインズの言葉にソフィアは続けて結ぶ。

だからこそ、怒涛の勢いで展開が変化していく剣戟の中で剣を自分の身体の一部のように自由自在に振るえているのだ。

「そしてもう一つ」

エインズは重ねてライカに尋ねる。

「剣を上方に振り上げてから振り降ろす時、使う筋肉はどこだい？」

「なんでそんなこと？　そんなの簡単よ。腕の筋肉、腕力でしょ？」

ライカの答えを予想していたように、エインズは静かに首を横に振る。

「それは正解には程遠い。ソフィア？」

「はい。全身の筋肉を使います」

「そう、これが正解。簡単に例を出してみようか。剣が身体よりも前に出ている時は当然重心が前へ傾く。それを支えるには背中の筋肉、背筋を使用する」

エインズは続ける。

「一つの小さな動きでも全身の筋肉を動かしているんだよ。だからこそ魔力をもって身体強化をする時には身体の動きを把握していなければ、一箇所を強化したところで、他方に負荷がかかり、崩壊してしまう」

だからこそ、合理性を追求した一振りをモノにし、なおかつ筋肉の動きを把握している熟練した剣士は身体強化が成せるのだ。

「そういうことですか」

「よく分からないけど、いま分かっていないってことが私には身体強化がまだ早いってことなんでしょうね」

完全に消化しきったわけではないが、ライカもとりあえず納得はした。

「さあソフィア、身体強化を駆使してかかってきなよ。僕も使うから心配無用だよ」

突き刺していた木剣を抜いて構えるエインズ。

「エインズ様、胸をお借りします！」

両手で木剣を握り、正眼に構えるソフィア。

目を閉じ、一度体内の魔力を意識する。

魔力を自らの支配下に置き、体内操作できる状態に仕上げる。

ソフィアのこの準備も、魔力の体内操作に慣れていけば一秒もかからず臨戦態勢を取ることが可能となる。

「……行きます！」

ソフィアは瞼を開き、その目でエインズを捉える。

ソフィアにとっては軽く地面を蹴っただけなのだろう。いつもの感覚で相手の懐に最短距離で飛び込む。

しかしそのスピードは段違いだった。

まさに一瞬。

脚運びなどの技術によるものではなく、簡単に言えば全身のバネが強化されているのだ。

部分ごとのバネの強化具合でいえば、極端に変わったわけではない。しかし先にエインズが説明したように、身体の動きというのは一つの筋肉を動かすのではなく、全身の筋肉の動きが複合的に組み合わさり成される。

つまりそれぞれのバネが強化されるということは、そのまま相乗的にパワー、スピード、身体のキレが強化されることに繋がる。

低い姿勢でエインズの懐まで潜り込んだソフィアは横に一閃する。

刃のない木剣であっても、その鋭い斬撃は空気を切り裂く。

ソフィアはこれまで感じ取れなかった領域に足を踏み入れた。

身体の動きは申し分ない。しかし一点、不快感を覚える。

木剣が空気を切り裂く際の抵抗力だ。振りが格段に鋭くなったが故に覚えてしまう不快感。

万能感を覚える中で、木剣の雑さに苛立ちすら覚えそうになる。

これまで重さや長さだけで剣を選び、調整してきた。しかしこの領域に足を踏み入れた今、これまで以上に剣の繊細な調整が必要になってくるとソフィアは痛感した。

　エインズの持つ木剣とぶつかり合う。

　パァン！　と、およそ木剣がぶつかり合ったとは思えない破裂音が起きる。

「どうだいソフィア？」

「これは、すごいですね。……すみません、うまく表現できる言葉が思いつきません」

　ソフィアの木剣を受け止めたエインズは強くはじき返す。

　宙に浮き、後方へ飛ぶソフィア。エインズとの距離が再び開き、両者の動きが止まった。

「感覚は掴めたかな？　それじゃ、打ち合ってみようか」

「はい！」

　そこからの二人の動きは、ライカには捉えられなかった。

　破裂音とともに削れていく木剣の破片が飛び散る。芝生は抉(えぐ)られていき、二人を中心にして庭に風が生まれる。

　それはライカの頬を撫(な)で、火照った身体を冷ましていく。

「……リステ、あなたには二人が見える？」

「いいえ。しかし、お二方がご当主様からぐちぐちと説教を受けている未来は見えます」

「あはは、そうね。でもこれ、どうしようかしら」

　屋敷の窓から多くのメイドが破裂音の響き渡る庭の様子を眺めている中、ライカとリステは芝の整備方法を考えていた。

数分続いた二人の打ち合いも、木剣が限界を迎え半ばから真っ二つに割れたことで終わりを迎えた。

荒れ果てた激戦地の中で、エインズとソフィアの二人は剣の握り部分だけを手に持ち乱れた息を整えていた。

「はぁはぁ。……エインズ様、ありがとうございました」

「はぁ。いやいや。僕の方こそ、いい運動になったよ」

エインズは肩で息をしながら「これでここの皆にも僕の有用性が証明出来たんじゃないかな！」と、したり顔になる。

そこにライカが寄り、

「二人とも、清々しいところ申し訳ないんだけどさ」

ニコニコと満面の笑みを張り付けて声をかけるライカ。

「すごいわね。管理の行き届いていた庭園を美味しい野菜が育てられそうな農園に見違えるほど耕してくれちゃって」

ライカの声色は明るい。

一方のエインズとソフィアは周囲を見回して顔色が青ざめる。特に、カンザスの長時間に及ぶ説教を受けているエインズの焦り様はソフィアの比ではない。

「お父様のありがたいお言葉に乞うご期待ね！」

可愛らしくウインクを飛ばすライカは、二人には死神が笑ったように思えた。

その後、戻ってきたカンザスは庭の惨状を目にし、案の定二人はカンザスからネチネチとした説教を受けたのであった。

第二話　入学試験

王都キルクは人口が多いが故に、煩雑な街作りにはなっていない。

キルクの北に王城がそびえ立ち、東は文官貴族と魔法士や騎士を含めた武官貴族の邸宅が並ぶ居住区。西には商業区。

商業区で複雑に物の売買が行われるのではなく、言わば卸売りが行われる街区である。それが故にいくつもの共同住宅が建っており、多くの商人がここで暮らしている。有力な者になれば、商業区内で邸宅を構える者もいるがその数はごくわずかだ。

商業区で取引された商品は、エインズたちがキルクに入った際に人でごった返していたキルクの中央で小売業者によって販売される。

人で賑わいを見せていたのはこのためである。南方から中央までのこの広い街区は一般街区と呼ばれており、貴族も商人も集まるこの街区の雰囲気を見ればサンティア王国の情勢がある程度分かってくる。

この街の作りは一般市民にも良い影響をもたらす。一般街区で国の情勢が分かるとなれば、サンティア王国の繁栄を誇示したい王族貴族は一般街区の大多数を占める一般市民に向けられた良い政策をしなければならない。

長い年月繁栄してきたサンティア王国のその根幹は王族でも貴族でも商人でもなく、王都キルクの街そのものにある。

キルクの北東部、王城と居住区の間に魔術学院がある。

とはいえ、権力者の子息令嬢しか通うことが出来ないのかと言われるとそういうわけでもない。

平等性を謳(うた)うことは国の繁栄にも繋がる。もちろん貴族以上とそれ以下で管理上区別されるが、商人でも一般市民であっても門を叩く資格はある。

○

「踏み込みが甘いです。剣を振るうにあたって、腕だけでなく全身の動きに意識を向けてください」

ブランディ侯爵家の一人娘、ライカ＝ブランディは今まさに入学試験に向けて最終調整をしているところだ。

ライカの父、カンザス＝ブランディも人並み以上の剣術と魔法を扱える。しかしそれは、本人曰く秀才の領域を出ない程度の腕前だそうだ。

剣術を専門としている騎士のソフィアの方がその造詣は深い。魔法においては魔術師エインズの足元にも及ばない。

エインズとソフィアがブランディ別邸に滞在することになり、ブランディ家はライカの剣術と魔法の優れた講師という大きなメリットを得たのだ。

「詠唱というのは魔法を発現させる手段の一つでしかないんだよ。手段は目的にはならない。詠唱を覚えるという愚行に慣れてしまえば実力も魔法使い程度で収まってしまうよ？」

魔法の一般的な勉強方法は、『原典』の副本の読解と魔法を撃つだけの反復練習である。しかし、エインズのアドバイスはこれとは異なっていた。

エインズの教えは、魔法の腕を一朝一夕で上達させるものではない。しかし、魔法と詠唱という手段の関係性を正確に把握することは今後のライカの魔法士としての人生を大きく左右するものとなる。

朝にソフィアと共に剣術に励み、昼食を挟んでエインズに魔法を見てもらう。夕食を早めに取り、夜はしっかり休息を取る。

疲れを翌日に残さないことと、成人前の十二歳であるライカの成長を効果的に促すためである。

その他の教養関係については侯爵家ということもあり、幼い頃から厳しくカンザスやリステから教え込まれてきているため問題はない。

そんな、全てが魔術学院への入学試験に向けた日々を送ること二週間。

翌日に試験を控えたブランディ家の夕食の場。

「エインズ殿、ソフィア殿。娘は合格しそうでしょうか？」

侯爵といえども人の親。

それも一人娘のこととなれば心配も尚更である。

「試験に魔法の使用もあるとのことですけど、正直僕はその辺分かりません。魔術学院の魔法のレベルがどんなものかも知りませんし」

パンくずをテーブルクロスに落とさないよう神経質に食べるエインズ。

よほどライカのパンくずのいじりが効いていたのだろう。

「剣術に関しては騎士にはまだまだ及ばないですが、剣術試験がネックとなり不合格となることはないでしょう」

ソフィアも魔術学院における剣術のレベルは知らない。

それでも二人のライカに対する評価は悪くはない。

「ライカ、自分ではどうなんだ？　その、なんというか……」

はっきりしない口調で尋ねるカンザス。

「お父様、大丈夫よ。絶対に合格するから」

「そ、そうだね。信じているよ」

入学試験を目の前にした親子の会話にエインズが割って入る。

「あの、それで僕は魔術学院に行けるんですか？　どうやら入学試験を通過しないといけないようですが？」

「それなんだがエインズ殿、すまない。試験を受けるにあたって申込が必要なんだが、エインズ殿がキルクに来られる前に期日を迎えてしまっていて」

「えっ⁉　それじゃ、入れないんですか？」

これでは当初の目的を達成できず、ただ王都の観光を楽しんでいただけになってしまう。

「学院の生徒としては不可能なんだが、ライカの従者としてなら可能なんだよ」

カンザスの話を聞くに、一定爵位以上の子息令嬢には従者を連れての学院生活が認められているそうだ。

高貴な家柄ゆえにトラブルに巻き込まれることが多いからである。これが魔術学院における一般市民と貴族との区別の一つである。

「従者は一人しか付けられないんだが、その枠でなら魔術学院に入ることができますので」

「行けるなら別になんでもいいですよ」

学院に入れるのであれば、その形式にはこだわらないエインズ。

「従者なんだからエインズ、わたしの身の回りの世話をしなさいよ？」

にやにやしながら話しかけてくるライカ。

「任せなさい！　魔法の知識のためなら喜んで靴の汚れを舐め落としてみせよう！」

「……いや、さすがにそこまでの要求はしないわよ」

エインズの斜め上の回答に却って怯んでしまうライカ。

そんなエインズとライカの横から、

「エインズ様。私はどのようにお供したらよろしいでしょうか？」

「ええっと、カンザスさん。従者の従者っていうのは……？」

「うん、無理だね」

考える間もなく否定するカンザス。

「どうしましょう……。困りました」

この問題をどのように解決しようか考え込むソフィアを見て、エインズとライカは顔を見合わせる。

「どうしましょうってそれは」

「どうするもなにも」

「「留守番しかないでしょ」」

二人は口を揃えてソフィアに返す。

「そんな、私をおいて！　エインズ様！」

必死に訴えるが、カンザス、ライカ、そしてエインズの三人が静かに首を振り、ソフィアはがっくりと肩を落とすのであった。

○

抜けるような青さで澄み切った空の下、カンザスとソフィアはそれぞれライカとエインズの見送りに邸宅の門前まで来ていた。

「それじゃ行ってくるわね、お父様」

「ああ。焦ったらだめだぞ？　平常心を保ちなさい」

カンザスが優しい表情でライカの頭を撫でる。

「エインズ様、どうしても私はついていけないのでしょうか？」

「諦めなよソフィア。規則なんだってさ」

「何か方法があるはずです！」

それでも諦めないソフィアを見て溜息をつくエインズ。

しかし次の瞬間、名案が閃く。

「そうだ！　これはいい方法かもしれないよソフィア！」

「なんでしょうかエインズ様⁉　この愚かな私にお教えください！」

迷える子羊が教祖に救いを求めるかのように懇願するソフィア。

「来年、ソフィアも受験して入学したらいいんだよ！」

「えっ⁉　いや、それは……」

「そうすれば一年遅れにはなるけど、僕とライカについていけるし魔法も学べる。加えて将来が有望な男性と出会えるんだよ！　結婚相手も見つけられる！」

エインズはひとり「これは名案すぎた、僕ってひょっとして天才か？」とこぼしながら自分の閃きに惚れ惚れしていた。

「け、けけ、結婚相手は別に今探してませんので！　困ってませんので！　やっぱり私は止めておきます！　ここでエインズ様のお帰りをお待ちしております」

真っ赤な顔でエインズに詰め寄り言葉を返すソフィア。

その後も「違います違います」と呟きながら首を横に激しく振るソフィア。後ろに括った髪がつられるように振り回され、エインズの両頬にビンタを食らわす。

「……エインズ、もういいかしら？」

二人のやりとりを呆れながら見ていたライカ。

「うん、もういいよ。ソフィアも僕たちについていくのも諦めたようだし」

エインズが「だよね？」と念押しすると、ソフィアは「お気をつけていってらっしゃいませ」と赤みが抜けない顔で返した。

「それじゃカンザスさん、行ってきます。ソフィアも留守番よろしくね」

エインズとライカは手を振りながら出発した。

居住区から魔術学院までの距離は馬車に乗るほどのものではない。そのためエインズたちは徒歩で向かうこととした。

居住区は貴族の邸宅が並ぶことから、エインズやライカ以外にも魔術学院の入学試験に臨む子息令嬢らが同じように徒歩で向かっていた。

友人と談笑しながら向かう者や、自分の世界に入り集中している者、緊張で身体ががちがちに固まっている者など様々いた。

「ライカはまったく緊張してなさそうだね」

エインズが周りの受験者を見ながら口を開く。

「緊張していないと言えば嘘になるけど、自信の方が大きいもの」

背筋を伸ばし、堂々と歩くライカの姿は自信に満ち溢れていた。

「それともなに？　緊張で震えながら『エインズ、落ち着くまで手を握ってて』って上目遣いで言ってほしかった？」

「あー……、想像できないかも。仮に言われたら怖すぎて裏の裏の裏まで無駄に深読みしてしまうからやめてほしいね」

ライカは自分でもそんな姿は似合わないと分かっているのであろう、「そうでしょ？」と笑いながら言った。

そこからも普段と変わらない取り留めのない話に花を咲かせながら歩んでいくと、受験者と思われる少年少女の数も増えてきた。

彼らが向かっていく先は広大な敷地面積を有する魔術学院。

成人前の三年間を過ごすことになっているため、学院に通う生徒数は一学年百人ほど、総数にして三百人を若干上回る規模を誇（ほこ）っている。

座学を行うための校舎はいくつかある。しかし、実際に魔法を使用しないことには魔法の腕前は上達しない。広大な敷地の大半は修練場として利用されている。

校門に受験者に向けた案内看板が建てられており、それに従い受験番号によって分けられたブロックの修練場に向かう。

「けっこうな人数が集まっているんだね」

「そりゃね。貴族だけでなく、一般家庭であっても受験可能だからね。それに魔術学院を卒業できれば将来安泰だし、こぞって受験するわね」

魔術学院を卒業するイコール魔法士になる、というわけではない。

魔法の知識を身に付けることによって、魔法知識や能力が必要な生産職の技術者として重宝される。生活に必要な明かりとして使用される魔力灯などの、知識が必要な魔道具の製作や設計を担っている。そのため魔術学院を卒業した大半の者が高給取りとなっている。

「ライカ、おはよう」

透き通った声のした方を向くとそこには近寄りがたい雰囲気を醸し出している美少女が立っていた。

「おはようキリシヤ。キリシヤもここが会場？」

ライカが穏やかに挨拶を交わす。

玉座の広間で一度目にしているエインズであったが、その時のキリシヤはドレスを身に着けていたこともあり、今こうしてライカの口から名前を聞いてやっと思い出せた。

「そうなの。ライカも一緒で良かった。ちょっと心細かったの」

少し目を伏せる仕草だけで可憐な美しさがそこにはあった。

思わず目を奪われるエインズ。

そのエインズが視界に映り、むっとしたライカがエインズの右足を踏みつける。

「ライカ嬢、お久しぶりでございます」

次に声をかけてきたのはキリシヤの後ろに控えていた燕尾服を着た男性。見た目から二十代前半ほどの歳であろうことが窺える。

「久しぶりねセイデル。ここにいるってことは、あなたがキリシヤの従者なのかしら」

声をかけられたライカはすぐにエインズから足をどける。

「はい。僭越ながら」

お辞儀するセイデルに「相変わらず堅苦しいわね」とライカは苦笑した。

「あら、そちらの方はこの前広間でお会いしましたね。たしか、エインズさん」

キリシヤの目線がエインズを捉える。

「その節はどうもすみませんでした。大変ご無礼を働きました」

エインズは頭を掻きながら苦笑いする。

「そうね。わたしもお父様も肝を冷やすほどの大立ち回りだったものね」

「でもすごかったですよ？　おとうさ、――――父もいて、宰相やお兄様、近衛騎士がいる中でダルテ近衛騎士長に食ってかかったのですから。あんなダルテの顔これまで見たことありません」

キリシヤは口元を手で隠しながら声を出して笑う。

「ほう。あのお話の当事者ですか。顔に似合わず強心臓をお持ちなのですね。私も直接その場でダルテ騎士長のお顔を見たかったものです」

セイデルがどのようにあの時のことを耳に挟んだのか不明だが、ダルテに食い下がった人物が目の前のエインズであることを知り、驚きの表情を見せる。

「セイデルは知らないかもしれないですけど、エインズさんはすごいのですよ？　リーザロッテ様が魔術師と認めた程のお方なのですから」

「リーザロッテ様がですか⁉　それはそれは。近くお手合わせをさせていただきたいものです」

「機会がありましたら。……リーザロッテ様というのは、広間の時の真っ赤なドレスの女性ですか？」

玉座の広間にいた人物でそれらしき人物を挙げるエインズ。

「そうですね。詳しくは私も父から聞いていませんが、父の相談役といったところでしょうか」

「にしては、陛下がリーザロッテ様に頭が上がらないような感じも致しますが」

「リーザロッテ様はああいうお方なのです。高圧的に思われがちですが、その実、お優しいお方なのですよ」

だがセイデルは「しかしながら私では目を合わせることもままなりません」と首を横に振る。

「エインズさんも学院の試験でこちらに？」

「いいえ残念ながら。僕は試験の申込が出来ませんでしたから」

エインズの返答にキリシヤは「ではなぜ？」と疑問に感じた。

「エインズはわたしの従者としてここにやってきたの。どうしても学院が見たいって言うからお父様がなんとか策を講じてくれたのよ」

それからライカとキリシヤが試験の自信はどうか、緊張しているかなど雑談をしていると魔術学院の教師だろうか、男性二人が四人のいる会場にやってきた。

男性教諭は手に持った魔道具を口に当て、集まる受験者に向けて口を開く。

「定刻になったのでこれより、キルク魔術学院の試験を開始します。まずは皆さん、前方にございます座席に着席してください」

試験会場がいくつかに分けられているとしてもこのブロックに集まる受験者の数は優に百人を超えていた。

その集まる各々が口を開きざわめく会場に男性教諭の声がそのまま届くわけはない。

しかしその問題を手に持った魔道具が解決していた。効果としては声の拡張。簡単な魔道具の一つ、拡声器。

男性教諭の言葉に少年少女の皆が前方の座席に目をやる。

「まずは筆記試験になります。机の端に受験番号が振ってありますので着席してください。一部の受験者には従者がついておられるかと思いますが、その方々への待機席も用意してありますのでそちらに移動をお願いします」

本来であれば学院の館内で筆記試験をするべきであるが、残念なことに莫大な受験者数に対して席が足りないのだ。それも、何人に対しても魔術学院の門戸を開いているからである。

そのため天候によってこれまで何度か筆記試験が延期されたこともあるが、これはまた別の話。

皆、ぞろぞろと自分の番号の席に向かって歩き出す。

「それじゃエインズ、行ってくるわね」

「うん、がんばってね」

ライカは小さく頷き返してから座席へ向かっていった。

その横でキリシヤと従者のセイデルが同じように言葉を交わしていた。そしてライカと一緒に座席へ向かっていく。

「それでは私どもも移動しましょうか、エインズ殿」

ライカやキリシヤの他にも従者を連れていた受験者がいたようだ。座席の方へ向かわない者が何人もおり、その中にはセイデルのように燕尾服を着た者もいれば、メイド、ローブを纏っている者も居た。

彼らは待機席と言われていた場所へと静かに歩き出していた。

セイデルもそうだが、従者の彼らもこれが初めてではないのだろう、慣れた感じで席に座った。

従者が集まる中でもエインズは浮いていた。

「従者になるということは、それは高い爵位を持つ貴族と同じ品と振舞いを強いられることを意味します」

エインズの落ち着かない顔を見たセイデルが静かに語る。

「しかし、中にはそのような品を持ち合わせていない輩もいますが……」

椅子に静かに座る従者の面々の中に、一人だけ崩した姿勢でぞんざいに座る男がいた。

「もっとクッション性のある椅子はないのかよ！　俺はダリアス＝ソビ様の従者だぞ！」

喚く男。

その矛先は試験を監督する学院の職員に向かっている。

彼の言動は有名なようで周りの他の従者は辟易した表情を浮かべていた。

「あの人は？」

エインズは男を見ながら小声でセイデルに尋ねる。

「彼の名はタリッジ。ソビ家に仕えている者です。まあ周りを見ての通り、彼の横柄な言動は有名なものです」

セイデルは同じ従者という立場が心底嫌なようで、「ソビ家はライカ嬢のブランディ家と同じ侯爵の爵位を持っています。まさに虎の威を借る狐なのです」と渋い表情をした。

「なるほど。あまり関わりたくないですね」

エインズは苦笑いをしながら言うも、

「いえ、それはきっと難しいかもしれませんよ？」

とセイデルに憐れまれながら返される。

受験者が全員席に座り、問題用紙が配られると試験官の「始め！」の合図に一斉に問題に取り掛かる。

筆記試験の問題は、計算・歴史・魔法知識・魔導書読解の分野で構成される。

とはいえキルク魔術学院は狭き門。計算は難解なものが多く、その他の知識問題も基本的なものから重箱の隅をつつくような問題まで出される。

一般にも入学募集はかけられてはいるものの、どうしても高度な知識を入れるとなると優秀な家庭教師が必要となる。そうなれば金銭的な問題が発生し、結局は金銭的に余裕のある貴族や商人などが優位になってしまうのだ。

ぼんやりと静かに待機するエインズが見つめる受験者の中には服装から一般市民と分かる者もある程度の数見える。

中には本当に優秀な者もいるのだ。

「……魔法知識の問題が気になるな」

「見たいですか？」

ぽつりと呟いたつもりのエインズだったが、セイデルの耳に届いていたようだ。

「見られるんですか？」

「主人にお教えすることは出来ませんが、見れますよ」

セイデルはそう言って、静かに手を挙げる。

セイデルを確認した試験監督が静かに彼のもとまで近づく。

「魔法知識の分野の問題を見せてほしいのですが」

「少しお待ちください」

一旦その場を後にした試験監督は、遅れて問題用紙を手に持って再度エインズとセイデルの前に現れた。

エインズは問題用紙を受け取り、パラパラと頁をめくる。

「どうですか？　けっこう難しいでしょう？　私も昔に苦労させられましたよ」

セイデルは当時の苦しみを懐かしそうに思い出す。

対するエインズの持つ印象は違った。

（なるほどね。この国の魔法士が頭でっかちと言われるのも分かるね）

エインズはこの重箱の隅をつつくような、知識をどれだけ詰め込めているかの確認を試験として取り入れている点で問題を感じた。

セイデルはそんなはっきりとしないエインズの表情を見た。

「難しい……といった表情ではなさそうですね、エインズ殿」

「そうですね。目的と手段が入れ替わってしまっている試験になってて」

尚も問題に目を通しながら返答するエインズ。

「分かりますよ。……いえ、違いますね。私も魔法に携わるようになって初めてこの魔術学院の入学試験の内容が適していないと理解出来ました」

しかし、とセイデルは続ける。

「差別化を図り、入学者の数を絞るとなれば自ずとこのような形式になることも理解できるのです。だからこそ、入学し学んでいく中で私やエインズ殿同様にその点に疑問を持てる者が優れた魔法士、そしてリーザロッテ様が認める程の魔術師となれるのでしょう」

エインズはこの言葉だけでセイデルは少なくとも優れた魔法士以上の者であることを理解した。

筆記試験の時間は三時間ほどを要する。問題量もさることながら、計算や記述で答える問題もあるため、時間配分と集中力が試される。

受験者は誰もが必死に机の上の問題用紙に立ち向かっている。

この間、エインズとセイデルは魔法談義に花が咲いた。

一番エインズに興味を持たせたのは、存在する魔法から数多くの魔道具が生み出された点だった。先ほどの拡声器もそうだが、魔法が扱えない者でも簡単にその恩恵にあずかることができる魔道具の存在はすぐに受け入れられた。

（……でもおかしいな。森で籠っていた数年でこんなに世の中に変化があるものか？　街の変わり

様もそうだし）

エインズは周りの環境の変化に疑問を感じたため、後で少し調べてみることにした。

○

「止め！」

拡声器を持った試験官の大きな声で筆記試験の終了が言い渡される。

一斉にペンを机の上に降ろす。

それから試験監督数人で解答用紙を集めていき、全てを回収した後解散の許可が出された。

キリシヤと身体を伸ばしながら歩くライカがエインズとセイデルのもとまでやってくる。

「ライカ、お疲れ。キリシヤ様もお疲れ様でした」

エインズが手を挙げながら二人を労う。

「エインズさん、そのような堅苦しい言葉遣いはやめてください。ライカさんと同じようにフランクに接していただけるとうれしいのですが」

少し困り顔で話すキリシヤ。

「そう言われましても、王女様ですし……。ライカ、いいの？」

「うん？　いいんじゃない？　キリシヤ本人がそう言っているんだから」

貴族社会に疎いエインズがライカに判断を仰いでみたが、彼女の方はあっけらかんとしていた。

「……では、キリシヤさん、で」

「呼び捨てで良いのですけど。歳の近い友人も少ないので仲良くしていただきたくて……」

語尾を濁しながらもじもじとするキリシヤに可憐さを覚えるエインズ。

「ま、まあ。慣れるまではキリシヤ『さん』で」

そんな筆記試験終了後のたわいもない雑談をしていた四人に近寄ってきた二人組のうち、一人が声をかけてきた。

「これはライカ＝ブランディじゃないか。奇遇だね、まさか君も魔術学院を受けていたとは」

憎たらしい顔の青年と、その半歩後ろには先ほどまで従者待機席にいたタリッジが並んでいた。

「……ダリアス。当たり前でしょ、あなたと同じ十二の歳よ。あなたが受験するのと同様にわたしも受験するわよ」

面倒くさそうに返すライカ。

「いやいや、歳は知っているとも。だが、てっきり君はパン工房に修行に出ているのかと思ったのさ。ほら、君の領地は小麦が有名でパンも美味しいと聞く」

ダリアスはニヒルな笑みを浮かべながら話す。

「あら嬉しいわ。ソビ家の耳にも届くなんて。ディナーにも出されるのかしら？　ソビ家の嫡子にお褒めいただけるなんて光栄ね」

ライカはうんざりした表情でダリアスの皮肉に返答する。

しかしダリアスの注目はすぐに別に移る。

「これはこれはキリシヤ王女殿下。ゾイン＝ソビ侯爵が長子、ダリアスにございます」

「ダリアスさん、こんにちは」

「先日の王城でのパーティー以来のご挨拶でしょうか。殿下のことですから、先の筆記試験も問題なかったのでしょう。この後の実技でも互いに最善を尽くしましょう」

キリシヤに軽くお辞儀をして挨拶を交わしたダリアスは再びライカの方へ向き直る。

「君は次の実技で挽回すればいいのだから、気を落とすことはないぞ？」

「ええ、そうね」

「それにしても君の従者はどこにいるんだい？　見たところ、それらしき人物は見当たらないが」

ダリアスの視界にはエインズも映っているのだが、その身体的特徴と風貌から、自分と同じ受験者の一人で奇妙な人物という判断をしていた。

「そこの彼がわたしの従者よ。名前はエインズ」

ライカの紹介にダリアスは素で驚く。

「彼が⁉　気でも狂ったのかライカ＝ブランディ。この身体の欠損は、間違いなく様々な状況で足手まといになるだろう」

ダリアスの目は明らかにエインズを蔑んでいた。

「失礼よ。彼を足手まといに感じたこともなければ、逆にそこらの下手な騎士崩れよりも動けると評価しているわよ」

ライカの目線は、傍若無人な言動で有名なタリッジに向いていた。

それを挑発と受け取ったタリッジ。

「はっ！　そんな欠損だらけの奴に俺がやられるって言いたいのか嬢ちゃん！」

従者が侯爵家に仕えているといっても貴族になったわけではない。つまりこの場において、従者の立場であるタリッジがブランディ侯爵の長女に対して対等に口を利くことは本来許されない。

だがそこは悪名高きタリッジ。それを知ったことかと強い口調でライカへ返す。

「それに見たところ、こいつお前や坊ちゃんと同い年に見えるが？」

あまり関わりたくないと考えているエインズは顔を引きつらせたまま黙っている。

「……そうね。本人曰く、わたしと同い年よね。けどだからなに？　彼があなたよりも若いからといって、あなたよりも劣っているとは限らないわよ？」

「面白い！　剣聖の域に近い剣王クラスの俺を侮るような口を利くとはな。こいつと勝負させろ！」

闘争心むき出しの目で強くエインズを睨みつけながら語気を荒げるタリッジ。

厄介事をこちらに振るなよ、と迷惑そうにライカに目をやるエインズ。

エインズならばタリッジを簡単に打ちのめすだろうと信じて疑わないライカ。

タリッジの剣の腕を知るダリアスは、正気かこの女と唖然とした。

一触即発な空気が流れ始めるが、この場に現れた一人の青年によってそれは平静に戻った。

「話は聞かせてもらったよ。だが、ライカ嬢もダリアスくんも従者を落ち着かせなさい。今は入学試験の最中だよ」

「……お兄様」

呟くキリシヤ。

キリシヤが兄と呼ぶ人物はこの国に一人しかいない。

ハーラル第一王子。

彼の存在を確認して、エインズとキリシヤ以外の者が背筋を伸ばし、深くお辞儀をする。タリッジもハーラルに許容される最低限の礼儀を払う。

それに対してハーラルは手で制する。

「楽にしてくれて構わない。……キリシヤも、この場を止めないとだめじゃないか」

「申し訳ございません、お兄様」

目を伏せて謝罪するキリシヤ。

「今は入学試験の最中だ。あまり騒ぎを起こすべきではない。……だがそれではダリアスくんの従者タリッジも気が収まらないだろう」

「殿下には申し訳ないですがそうですね」

そう返答するタリッジの表情には申し訳なさを含んでいない。

「そうだね。ではこうしよう。この後の実技試験で入学試験が終了する。試験が終了したあとに手合わせといった形式で立ち合うのはどうだろうか」

ハーラルはタリッジに目線を送る。

「俺はそれで構いません」

「……この前もそうだが、君は何かと問題を起こすねエインズくん。君はどうだろうか」

そう若干硬い表情で話すハーラルにエインズは口を開く。

「いえ、僕は絶対に――――」

「エインズは絶対に受けるわよね？　受けるでしょ？　受けなさい！　これは主の命令よ」

ライカの目が強くエインズに訴えかける。

「面倒くさいことこの上ないんだけど、主のご命令とあれば」

エインズは溜息をつきながら、言わされたように感情のこもっていない棒読みで答えた。

「それでは決まりだ。これでこの件は一旦おしまいだ。ダリアスくんもライカ嬢も試験終了までお互いに干渉しないようにね」

ハーラルはパンっと手を叩き、場を解散させる。

ダリアスもタリッジも昼食の準備のため静かにその場を後にした。

「キリシヤもライカ嬢も昼食を取らないとだめだよ？　昼からは実技試験だから、体力をつけておかないと倒れちゃうよ？」

ハーラルは「それじゃ僕はこの辺で。学院の中とはいえ、この国の王子が特定の生徒に干渉するのもあまりフェアじゃないからね」と手を振りながら去っていった。

「ごめんねキリシヤ。ちょっと熱くなってしまったわ」

「いいえ。私もその前に止められれば良かったんですから」

ハーラルの言葉に二人は反省の色を見せる。

「キリシヤ様、お昼に致しましょう。ライカ嬢、エインズ殿もご一緒にどうですか？　皆様の分もご用意しておりますので」

「あら、それは助かるわね！　私の従者ったら、お昼の準備もしてないでしょうし。リステに軽食を預かっているけど少し味気ないのよね」

「だって僕、入学試験にお昼ご飯がいるって聞いてないし」

「優秀な従者は言われなくても自分で判断して行動するものなのよ、エインズ。今後に活かしなさいね」

ライカ自身落ち着きを取り戻したようで、いつもの意地悪な笑みを浮かばせる余裕まで見える。対するエインズは面倒事に巻き込まれるわ、嫌味を言われるわ、で心穏やかではない。静かに「うぐぐ」と唸っていた。

そんな二人をセイデルが笑いながら仲裁に入り、席に誘導した。

空いているテーブル席にサンドウィッチと紅茶を広げ、四人で囲みながら穏やかに昼食を取る。

コーヒーが良かったのにとぼやいたエインズに、セイデルは「ご用意ございます。コーヒーになされますか？」と挽きたての豆でコーヒーを淹れた。

そんなセイデルを見て、これが出来る従者なのかと若干の感動をしながらエインズは口を開いた。

「そういえばさ、さっきの、ええっと、あの恐い人」

「タリッジのこと？」

ライカが、ストレートティーにレモンを添えながらエインズに教える。

「そうそう、タリッジ。剣王がどうとか剣聖がどうとか言ってたけど、あれってなに？」

「剣士の技量を示す一種のランク付けよ。魔法文化のサンティア王国ではあまり聞かないけどね」

セイデルは淹れたコーヒーをエインズの前に置き、キリシヤの横に座る。

キリシヤに向かうようにライカが座り、エインズに向かうようにセイデルが座る形でテーブルを囲む。

「ガイリーン帝国が剣で有名でしたね」

「剣の腕前でランク付けするのはガイリーン帝国の慣習ですね。魔法のサンティア、剣のガイリーンとはよく言ったものです」

キリシヤの言葉にセイデルが続けた。

ガイリーン帝国では、サンティア王国ほどに魔法文化が発展しているわけではない。隣国のサンティアに魔法で劣ると判断したガイリーン帝国は他方で力をつけようと考えた。

その結果が近接戦闘に特化した剣術だ。

下級剣士、上級剣士、剣王、剣聖、剣帝、剣神といったランク付けがなされている。

上級剣士の技量まではであれば努力すればその域に入れる。しかし剣王から上は努力だけではその域に達しない。

才能が大きく影響してくる。基礎的な技術の上に才能が積み上がり、その上に自らの才能を生かした技術を積み上げることでその域に達する。

「生意気な口を叩くほどには剣の扱いが上手なのよ。特に剣術に長けていないこの国ではある程度の技量があれば重宝されるわよね」

ガイリーン帝国から剣一本で仕事を求めてサンティア王国に来る者もいれば、その逆も然りだ。

サンティア王国から魔法知識をもってガイリーン帝国へ旅立つ者もいる。

「でもライカ、よかったの？　剣聖には及ばずとも、あの方、剣王のランクでは相当強いみたいだけど」

キリシヤが心配そうに声をかける。

「そこは問題ないわよ。一度お父様と帝国に行った際に剣聖どうしの打ち合いを目にしたことがあるんだけど、エインズとソフィアさんの打ち合いの方が凄かったもの」

レモンティーを味わうように飲んだライカはカップをソーサーに置く。

「ほう、エインズ殿は剣の腕も立つのですか。ソフィア殿というのは話に聞いた銀雪騎士団の女性騎士の方でしたかな」

「はい。僕の世話係、と自分で名乗っていました。怖いのであまり世話になっていませんが……」

向かいでキリシヤの空いたカップに紅茶を注ぐセイデルを見ながらエインズが答える。

「銀雪騎士団の騎士は素晴らしい剣の腕前だと聞きます。それを直接見たライカ嬢がそう判断なされるのであれば本当に心配がないのでしょう」

「そうでしたら、エインズ様には申し訳ありませんが、この後のタリッジさんとの手合わせを楽しみにしていますね」

ライカやセイデルの言葉を聞いて安心したのだろう、キリシヤが笑みを浮かばせてエインズに声をかける。

「まあ、やることはやりますけど、僕の本分は魔法と魔術なんですけどね。言ってはなんだけど、チャンバラで心は躍らないし」

この後のことを考えて少し憂鬱になっているエインズを含め四人はそれから他愛もない雑談に花を咲かせ、残りの昼食時間を過ごした。

○

昼食を終え、定刻を迎えると実技試験が始まった。

入学試験は筆記試験と実技試験の両試験内容を基に合否が下される。

エインズがセイデルから聞いた話では、ここ近年、試験の比重は均等になってきたそうだ。これまでの試験では目に見える判断材料としての実技試験に重きが置かれていた。

しかし、魔道具をはじめとする非戦闘分野が台頭してきたこともあり、知識としての文、実技としての武、この文武はどちらも優劣なく重要と評価され始めたのだ。

「実技試験の内容として、指定魔法の詠唱及びその発現、各自得意な魔法の発表の二つに大まかに分けられます。また、補助的な項目で剣術もチェックされます」

すでに実技試験は始まっており、指定された初級魔法、中級魔法、そして発現出来ない者も少なからずいる上級魔法がエインズの目の前で繰り広げられていた。

「特別目に留まるものはないですね」

離れたところから見ているエインズはセイデルに言う。

「そんなものですよ。なにせ彼らはこれから学びを得るのですから。完成された者などいる方が少ないのです」

　セイデルはエインズの言葉に笑いながら返す。

　それを聞いてエインズも確かにと納得した。しかしそれでも、このくらいのレベルならばライカへのアドバイスは高度すぎたのではないかと感じていた。

「次、ライカ＝ブランディ。前に出なさい」

「はい」

　試験官に呼ばれ、前に出るライカ。

　ライカ以前の者の多くは初級魔法であれば略式詠唱での発現。中級魔法になると、術式詠唱。上級魔法までいくと、術式詠唱をしても発現出来る者は少なかった。

「まずは初級魔法から見させてもらう。火球と水球を発現させてください」

「分かりました」

　ライカは落ち着いた様子で頷くと、「まずは火球から」と右手のひらを広げる。

「……」

　拳一つ分よりもわずかに大きいくらいの火の玉が手のひらに浮かぶ。

　それを見ていた試験官、キリシヤを含めた他の受験者がざわつく。

「おい、あいつ、無詠唱だぞ！」

「入学前に無詠唱で発現できたやつなんて聞いたことないぞ」

　そんな外野の声に気を散らすことなく、ライカは次に水球の発現に取り掛かる。

「では次に水球を発現させます」

「……お願いします」

驚いているが、そこはさすが試験官。

周りのように声に出すこともなく、冷静に試験を続けていた。

「……」

またしてもライカは無詠唱。

ざわつきは消えない。

「次に中級魔法ですね。ライトニングと火槍を発現させてください」

氷槍（アイススピア）、火槍（ファイアランス）、ライトニングは攻撃系統の中級魔法の中で汎用性の高い魔法とされている。

「では行きます。――――略式詠唱、『火槍』」

ライカの身体に薄く纏う魔力が彼女の赤い髪を揺らめかせる。

「まさか！」

中級魔法を略式詠唱で試みるライカにさすがに試験官も声を出してしまう。

ライカは集中を途切れさせることなく、魔力を注ぐ。

ライカの頭上に一・五メートルほどの長さの真っ赤な槍が浮かび上がる。

刃先に炎を揺らめかせるその槍は、これまで術式詠唱してきた受験者のものよりも質の良いものだと試験官は感じた。

「エインズ殿！　ライカ嬢はすでに中級魔法の略式詠唱まで可能なのですか⁉」

「ええ。このところブランディ侯爵の邸宅にお邪魔してまして、自由に王都での生活をさせてもらっているので、その間家庭教師的な役割をしてました」

エインズは「まあ、何かしらの役割を担っていないと自尊心が崩壊してしまいそうでしたから」と結ぶ。

この試験場のざわめきこそが、カンザスがエインズとソフィアを滞在させることによって生まれた大きなメリットの一つ。

エインズの正体を知っているカンザスにとって、魔法分野においてエインズ以上の教師などいないことは容易に考えられた。そして、ライカがその教えを得られたというメリットがこの場のざわめきを起こしているのである。

その後もライトニング、氷槍とどれも略式詠唱で発現させていった。

中級魔法を済ませると場は逆に静まり返る。

学院卒業までに生徒が辿り着く一つの目安が中級魔法の略式詠唱なのだ。それを目の前で、入学もまだしていない少女が成してしまった。

「さ、最後に上級魔法を……」

試験官も驚きのあまり声が震えていた。

そして予想していた。彼女ならば上級魔法を発現させてしまう、もしかすると略式詠唱で発現させてしまうかもしれないとまでに。

しかし試験官のある意味期待が込められた予想は簡単に裏切られた。

「すみません、上級魔法は出来ません」

さっぱりと言い放つライカ。その表情に悔しさ等も浮かべず、至極当然と言わんばかりである。

「……。別に、術式を詠唱してもいいのですよ？　発現出来なくても構いませんし」

「いえ、わたしにはまだ早いから使うなと言われておりますので」

「そ、そう、ですか」

試験の状況によっては合否に不利に働くかもしれない事を誰が？　と試験官は疑問に感じながらも本人が言うのであれば仕方ないとこれ以上食い下がることはしなかった。

「では最後に得意な魔法を自由に発現させてください」

ライカは最後に略式詠唱にて中級魔法の火槍を同時に三本発現させて終えた。

再度会場にどよめきが生まれ、それを聞きながらライカは元の場所へ戻っていく。

「ライカ、いつの間に中級魔法の略式詠唱なんてできるようになったの!?」

戻ってきたライカを迎えるキリシヤ。

興奮さめやらぬ様子で、キリシヤのその様子はライカからしても珍しいものだった。

「あそこの優れた従者のおかげよ。その分、魔法の基礎という基礎、考え方から叩き直されたけど……」

普段からエインズをからかうライカだが、やはりエインズの魔法の知識量や考え方は素晴らしいものだった。

純粋に格が違った。

この試験会場においてどよめきの中心は間違いなくライカだ。しかし、エインズとの二週間もの取り組みはライカにとって凡人と天才を明確に理解させるものだった。

「やはりエインズさんはすごいお方なのね！　私も教えてほしいな」

憧憬の念を抱きながら語ったキリシヤの中で、さらにエインズの評価が増していく。

その後呼ばれたキリシヤの腕も周りと比べると優れたものだったが、ライカの後だったこともありどうしてもその存在感は薄れてしまっていた。

魔法実技を終えた後に、木剣を使用した簡単な打ち合いを行う程度の剣術試験が行われた。

そうして朝早くから行われた入学試験は、陽が傾く頃に終了した。ここから総合的に判断されて後日合否の発表が行われることとなる。

会場に来ていた多くの者はこれで終わりなのだが、エインズの本番はこれからである。

ダリアスの従者、タリッジとの剣術での打ち合いが行われようとしていた。

第三話　悠久の魔女

時は遡り、王城へエインズらが内謁に訪れた少し後――――控室にて、とある話し合いは続いていた。

真っ赤なドレスを身に纏う妖艶な女性――――リーザロッテの持つワインはひとりでに蒸発し、

グラスはまるで生気を失った草木のように、朽ち果てるようにして崩れ去った。

「――魔法・魔術の黎明期を迎え、激動の時代に突入するのじゃ。覚悟することだ、やつは良くも悪くも魔神。触らぬ神に祟りなしとはよく言ったものじゃが、目覚めた神ほど厄介なものはなかろうて」

エインズらと内謁した玉座の広間からすぐ隣の部屋で、瞳孔を広げて彼女を見る視線は三つ。

サンティア王国における最高決定権者であるヴァーツラフ国王陛下。その顔の深い皺は、ヴァーツラフが治めてきた歴史を刻んでいた。

横に座るはヴァーツラフの息子にして、サンティア王国の第一王子であるハーラル。成人前十四歳の彼では感情を抑えることがまだ難しいようで、利発的で見目整ったその顔立ちは驚きの色に染まっていた。ハーラルは身体を仰け反らせ、手は微かに震えている。

恰幅のよい男性は、深く息を吐くことで驚きに湧き上がった感情を落ち着かせようとしていた。それでも吐かれる息は微かに乱れており、国の中枢、ヴァーツラフの右腕としてサンティア王国の宰相を務めるエリオットでも状況の整理に苦戦していた。

「妾は政治なんかに興味はない。俗事はそなたらが思うようにやればよい。だが、覚悟するがよい。やつの魔法魔術への関心は病的なものだ。安易な気持ちでやつを政治に取り込もうものならこの国、根幹から破壊されることもあるぞ？」

病的、という言葉に当てはまるのかどうか分からないが、リーザロッテの言わんとすることはヴァーツラフにも理解できた。

「内謁の場とは言え、国への忠誠心は魔法魔術のそれに劣る、と。国王の余を前にして語るは確かに病的とも言えような」

「リーザロッテ様が妹キリシヤをこの場から外した理由が分かりました。これを聞いてしまいますと、今後の魔術学院での生活に大きく影響するでしょう」

「合わせてライカ嬢との関係性、そしてブランディ侯爵との関係にも影響しますか。なるほどカンザス＝ブランディの政治に関する頭の回転は脅威ですな」

　エリオットは脂肪の乗った顎を手でさすりながら思案する。

「ブランディ領とアインズ領の協力関係については、恐らくエインズの一存で決まるだろうよ。あのソフィアという銀雪騎士団の女騎士の仕草を見るに、すでに銀雪騎士団の中枢ではエインズについて把握されているであろう」

「アインズ領の成り立ちを考えれば、エインズ殿がイエスと言えばブランディ領との協力体制は成される、と」

　エリオットの言葉にリーザロッテは「加えてやつも俗事に興味なかろう。カンザスの童の言葉に何も考えずイエスと言うであろうな」と当然のように結論づける。

「私もあと一年は魔術学院に通います。キリシヤのことや、エインズ殿のこと、どちらにも出来うる限り注視してみましょう」

　ハーラルの言葉にヴァーツラフは「うむ」と小さく頷き、魔術学院の内部でのことは息子のハーラルに任せることにした。

そこで部屋の扉がノックされた。

「陛下、そろそろ予算についての会談が始まります」

衛士の呼び声に場は一度解散となる。

ヴァーツラフが部屋を後にする直前、リーザロッテが一言添えた。

「……エインズをそなたらの俗事に関わらせようが一向に妾はかまわん。だが、妾がエインズと相対している時、一切手を出すな。その時は妾がそなたらを国まとめて風化させよう」

「……お前の小言はいちいち余の胃を刺激するな。心得ておこう」

エリオットがヴァーツラフの後ろをついて部屋を出ると、遅れてハーラルがリーザロッテに会釈して部屋を後にした。

「ふぅ。久しぶりに真面目に語ってしまったな。これはまたミレイネをいたぶって気分転換せねばならんな」

すでにメイドの控室に戻り自由時間を過ごしていたミレイネは、ふと寒気を覚えていた。


王城で、話し合いが持たれて数日。

そこは暗い一室。

周囲に大きな岩をいくつも積み上げて作られた部屋。広さとすれば六平方メートルほどあるが、周囲の岩が圧迫感を与え、自然光の入らない採光ゼロの構造は入る者に精神的な小さな負荷を継続的に与える。

床は壁と同じ大きな岩が広がり、ひんやり冷たいそれはその部屋に入る者の体温と体力を奪っていく。

朽ち果てそうなボロボロの机は脚の長さがそれぞれ合っておらず、少し力をかけるとぐらつく始末。椅子も同様である。

四方を岩で覆われているが、一面だけ鉄製の分厚いドアがはめ込まれている。上部に、部屋の中を覗くためであろう小さな窓がついている。

どういう構造か分からないが、部屋の中から覗き窓を通して外の様子を見ることは出来ない。外から一方的に部屋の様子を覗き見るためだけの無慈悲な窓。

常に見られているという心象はさらに精神的に追い詰める。

そんな劣悪な環境の部屋が並ぶここは、サンティア王国の牢獄施設の一室。

王城のすぐ横、魔術学院と同じ王都の北東部に存ずる。

そこに、頬がこけ、目の下に濃い隈が出来ている男性が一人居た。

名は、コルベッリ。

エインズと対敵し、捕縛された『次代の明星』の一員。

この前まで長期にわたり尋問を受けていた。

『次代の明星』の内情について尋問をしたが、なかなか口を割らないコルベッリに多少拷問がかけられたのは特筆することでもない。

それでも口を割らないコルベッリに、王国側も次の手を考えている最中であった。

（ここの拷問はぬるいもんだな。拷問官も本当の拷問を知らない坊ちゃんだ）

これならばいずれ助けに来る仲間をいつまでも待つことが出来ると高を括るコルベッツリ。

静かにその時を待つ彼の目の前で、今日も冷たく分厚いドアが開かれる。

ギィイ、と重い音を立てながらゆっくりと開かれるドア。

開かれた部分から入る光が牢の中を照らす。

暗い中で瞳孔が開かれていたコルベッツリには、その刺激が強すぎた。

眩しさで思わず目を閉じたコルベッツリだが、それでも開かれる彼の口からはまだ余裕が見られる。

「何度来ても、何も話すことはないぞ？　それよりも今日は肉が入った熱いスープが飲みたい。この飯は冷え切った残飯しか出されなくて唯一の楽しみもこれでは気が滅入りそうだ」

まったく参っている様子ではないコルベッツリ。

彼の嫌味にいつもなら拷問官が「黙れ大罪人」と決まり文句しかかけてこないのだが、今回は違った。

「ほう。豚の飯にしては豪華すぎたか？　まだ元気ではないかこの家畜は」

「……誰だ」

コルベッツリの耳に届いた声はいつもの男の声ではなく、透き通りながらも高圧的な女の声。

「リーザロッテ様、許可された入室時間はわずかでございます。この後すぐに拷問官が来ます」

「分かっておるミレイネ。安心しろ、貴様にとっては一瞬のことだ」

コルベッツリの目の前で交わされる女性の声。

徐々に目が回復していくコルベッツリは閉められたドアの前に立つ女を見る。

真っ赤なドレスに身を包み、艶のある髪が伸びた彼女はこんな陰鬱な牢で場違いすぎる。

「なんだ女か。拷問がダメなら色仕掛けか？　ぬるい拷問に耐えればこんな褒美が出るのか。これは仲間への土産話になる」

軽口をたたくコルベッツリの机の前に歩いていくリーザロッテ。

何もない空間で椅子に座るように腰を落とす。

その不思議な光景に目を疑うコルベッツリ。

何もない空間でリーザロッテは確かに座っていた。

「……あんた、魔法士か」

警戒を高めるコルベッツリだが、両手には魔法の行使を抑制する錠がかけられている。これも魔道具の一種。

目の前のリーザロッテが実力行使をしてくれれば、彼に対抗する手段はない。

「何も話さないくせに、自分は情報を欲しがるか。躾も出来ていない豚よ。鳴き声も汚らしい」

リーザロッテは何もない空間で頬杖をつく。

「貴様に会ったのには二つほど理由があってな。一つは胸元の『原典』の回収」

コルベッツリの胸元にかけられている数枚の『原典』の原本。

表紙もなく、内容がむき出しのそれは無差別的に毒をばら撒く危険そのもの。そのため、コルベッツリの胸元から回収できる人間が王国の魔法士におらずそのままとなっていた。

危険性は十分に孕んでいるものの、錠によってコルベッリは魔法を行使することが出来ない。

「あんた、原本を見ることができるのか」

「造作もない。この場で朗読してやろうか?」

「……」

リーザロッテの平然とした声色に、徐々にコルベッリに恐怖心が生まれ始める。

――――エインズ。

先の戦いでコルベッリは窒息してしまうほどの、どろりとした濃厚な恐怖を彼から経験した。

目の前の女からエインズと同じ恐怖を感じ始めるコルベッリ。

「だがそれはせぬ。原典の内容を妾の言葉で紡げば貴様の耳がいくつあっても足りぬ。今はまだ語らぬ豚だが、妾にも聞きたいことがある」

「……ふっ、あんたに聞きたいことがあっても、それを俺が話すとでも思うのか?」

コルベッリは支配されつつある恐怖心を振り払いながらリーザロッテに吹っ掛ける。

それを煩わしそうに見ながら口を開くリーザロッテ。

「貴様の意思など知らん。妾の言葉を聞く耳があって、妾の言葉の答えを語る口があればそのようにするがよい。多少の軽口を挟もうが妾は寛大ゆえ聞き流そうぞ」

コルベッリの問いかけに明後日の方向に返すリーザロッテ。

「……俺は話さんと言っている。都合よく解釈するんじゃない、くそアマ」

鋭い目つきで睨みつけるコルベッリ。

そんな様子を溜息をつきながら眺めるリーザロッテ。

持っていた扇子でこめかみを押さえる。

「分からんようだな家畜」

その瞬間、コルベッリの錠を掛けられていた右手に激痛が走った。

すぐに右手の様子を確認する。

「うっ、ぐぐっ」

右手人差し指は完全に水分が抜け、干からびていた。

「貴様の意思も考えも必要ない。妾が答えろといった内容について話せ」

リーザロッテは持っていた扇子でコルベッリを指しながら語る。

「その原本はどこで入手した？　なぜ頁が分けられている？」

対するコルベッリは状況を整理していた。

（詠唱はなかった。……無詠唱魔法に至った魔法か？　いや、それにしては俺が知らないほどの複雑な効果だ、それはない。ではなんだ、あれは、なんだ？）

両手が錠にかけられていることもあり、激痛走る右手を左手で覆うこともできず、コルベッリは顔を歪ませながら黙する。

「……黙するくらいなら鳴くがよい」

リーザロッテの発言後、コルベッリの右中指も生気を失う。

「ぐぁああが……」

コルベッリの右目から自然と涙が流れる。顔の右半分だけが、痙攣を起こしてしまいそうなほどに強張る。

「我慢するな。嗚くついでに答えればいいのだ。優しかろう妾は。開かない貴様の口を開かせてやっているのだ。感謝せよ」

「はぁ、はぁあ。……原典シリーズの原本を一冊『次代の明星』で保管している」

「なるほど。それで？」

「……」

「……。欲しがるではないか。卑しい豚め」

続く右薬指に激痛。

加えて小指が朽ち果て、ポトリと床に落ちると灰となって消えてなくなった。

コルベッリはこの牢に入って初めて痛みで叫んだ。

自分の右手が使い物にならなくなってしまった姿。燃えるような熱さ、潰されたような激痛、それらがコルベッリを襲う。

「ほら、そのまま口を動かせばいいのだ。それだけで妾は満足できる」

そんな痛みから解放されたいコルベッリには、傲慢に見えたリーザロッテの美しい声が、その言葉が心地よく耳に届く。

「一冊を、複数に分断し、魔力源たる聖遺物として、俺たちは原典を持っている……」

かすれた声で答えたコルベッリ。その右目からは絶えず涙があふれ、冷たい床の岩を濡らす。

「愚鈍なやつめ。貴様らの文化をここまで発展させた要因の一つである原典をまるで物として扱うとは」

「……もういいだろう。これであんたの質問には答えただろう」

「たしかに」

リーザロッテは自分の指の爪を見やり、少し伸びてきたので切らねばと思いながら短く答える。

「……それに、時間もないんだろう？　さっきのもう一人の方の女が言ってたじゃないか。早く帰ったらどうだ」

コルベッリは自分の今の様子にまるで興味なさそうに爪を見やるリーザロッテに恐怖した。

これまでの拷問官とはまるで違う。彼らはコルベッリを痛めつけようという意志で行動を起こす。痛みによる脅迫として拷問を行っていた。

対して目の前のリーザロッテはどうか。

リーザロッテは、コルベッリに行っている事を拷問として認識していない。コルベッリは口を開かない。それならば口を開かせればいい。

口が開いたのなら声を出させればいい。激痛を与えれば声も出るだろう。絶叫も声である。

（この女は止めなければどこまでもやる）

右手の指がなくなれば、左手、右足、左足。指がなくなれば、そこから徐々に上に移していけばいい。

その結果四肢が無くなろうが、口が開くならば、声が出るならば、それでいい。

そんな恐怖を、狂気をコルベッリはリーザロッテから感じていた。

「あぁ。ミレイネとの会話を言っているのか。それなら安心するがよい」

リーザロッテは、何をつまらないことを聞くのだと言わんばかりに、ぶっきらぼうに話す。

「ここで貴様と過ごす時間も、そのドアの外にいるミレイネにとっては瞬きほどの時間に過ぎない」

「は？」

リーザロッテの言葉に、コルベッリは右手の痛みも忘れて腑抜けた声が漏れる。

「うん？　時間の心配をしていたのだろう？　安心しろ。時間の流れなど妾にとって何の縛りにもならん」

「……ありえない!!　時間の動きに干渉する魔法など存在しない!!　俺を馬鹿にするな。時間も忘れて俺を虐げたいのならそう言え！　その方が数倍もましだ!!」

コルベッリは自らを魔術師と称している。実力は備わっていないが、それでも魔法に関する知識と誇りは優れた魔法士レベルで有している。

それがゆえに、時間に干渉するというある種おとぎ話のような、いや魔法士相手に語るとなるとそれはひどい侮蔑そのものである。

時間の流れに干渉する。誰もが夢に見る事象。若き少年少女は早く大人になりたいと思い、老い先短い者は時間の進みに恐怖する。幸せな時間も残酷な不幸せも平等に時間の縛りの中で過去となっていく。

多くの魔法士がそんな夢を見て、夢に焦がれ、そして夢に溺死した。

数々の魔法士が何の成果も生み出せず、その生涯を無為に終わらせた残酷なる桃源郷。

そんな歴史を知っているコルベッリ含む、魔法士の誰もがリーザロッテの言葉に憤慨するだろう。

「何を一人で喚いておる。誰も魔法だなんて言っておらぬだろう？」

「魔法じゃなきゃなんだって言うんだ！　魔道具とでも言いたいのか！　はっ、いつの間にそんな神器が出来たのか教えてくれよ！」

先ほどまで激痛で苦しんでいた右手と錠で固定された左手で机を思い切り叩くコルベッリ。

リーザロッテへの恐怖も、右手の激痛も、激しい怒りにかき消される。

「……魔術だよ」

「魔術？　はっ、魔術師の俺でも知らん魔術なんて――」

出鱈目を抜かすな！　と言おうとしたコルベッリの脳裏に一人の少年が浮かぶ。

その少年は謎の右腕を発現させ、謎の力でコルベッリらを圧倒した。

『限定解除　奇跡の右腕』。あの不気味さを思い返すだけで激しい悪寒に襲われる。

「貴様も見たのだろう？　エインズの右腕を、魔術を」

「ま、まさか、あんた……」

「まあ時間への干渉は付随的な効果ではあるが……。一つ直接見せてやろう、代償に貴様の両手をもらうぞ」

机を叩きつけた状態のまま固まっていたコルベッリの右手を、リーザロッテは持っている扇子でパンっと軽く叩く。

「まず一つ、自分の右手に注目しておくことだ。払う代償分しっかりと観察するがよい。――限定解除『任意流転加速(フローアクセル)』」

エインズと同じ別次元からの力の行使。

怒りに支配されていたコルベッツリもリーザロッテの聞き覚えのない詠唱を耳にし、我に返る。

恐怖や不気味さ、完全には消えぬ怒りや期待。それらがぐちゃぐちゃに複雑に絡み合ってコルベッツリは吐き気を催しながらも堪え、震える右手を注視する。

直後、コルベッツリは右手の内側、血管を流れる血液や手を構成する無数の細胞が沸騰していくのを感じた。

リーザロッテの魔術がコルベッツリの右手を対象として発動する。

皮膚の外側から焼かれるものとは違う。

同じなのはそこに激痛を伴うこと。

「ぐあぁ、っあああが！」

目から涙があふれる。先ほど干からびた彼の指同様の現象。

「どうだ？　先ほどより少し加速度を下げてみたが、しっかり味わえておるか？」

コルベッツリの右手は絶えず変化している。錠をかけられた手首から先、その部分のみが地獄に放り出されたように生命が奪われる。

陽の光も入らず風も通らない陰鬱な牢をコルベッツリの絶叫が占めていた。

それを恍惚とした表情で眺めるリーザロッテ。

喉を嗄らし、潰し、それでもコルベッツリは止まらない。壊れた玩具のように鳴り続ける。

それをさも動物の囀り(さえず)のように楽しむリーザロッテの不気味さも今のコルベッツリにはどうでもよいこと。

コルベッツリのそれがしばらく続き、そして、枯れた。

声が嗄れ、喉が空転するコルベッツリ。

右目は真っ赤に染まり、今にでも血の涙を流さんばかり。

錠をかけられたその先、右手は完全にその生命を焼き尽くしてしまった。これにより幸か不幸かコルベッツリは右手に痛みを感じることはなくなった。

「まだ終わらんぞ？」

コルベッツリの干からびた右手はさらにピキッと薄い殻が割れるような音を立て始める。その音は徐々に大きくなったかと思えば、土色というよりかは灰色に近い手にひび割れが生じた。

「……」

コルベッツリ自身の心はまだ折れていない。目はまだ死んでいない。しかし、長時間にわたって続いた激痛がすっと消えたことによる一瞬の安堵と混乱、そして潰れてしまった喉の前に、彼はその様子を黙って見ることしかできなかった。

コルベッツリの口端から垂れる涎が顎先から水滴となって岩床に落ちる。そんな彼の意識は右手にしかない。

そんな生者と廃人の境をさまよう彼の右手が、殻の割れる音とは別に軽い音だが決定的に芯が折れたような音を鳴らす。

カシャンと音を鳴らして右手から手錠が外れ、左手首一つでかかる錠はだらんと垂れる。

「……い、……ひ」

声が出ないコルベッリの目線が床に落ちる。

落とされた視線の先には岩床に落ちて崩れた、右手を為していた砂の山があるだけだった。

「どうだ、面白かろう？　手錠が外れれば貴様もここから逃げられるかもしれんぞ？　なんと妾は寛大であろうな」

閉じていた扇子を開き、口元を隠しながらくつくつと笑う。

「だが右手と同じやり方では芸がなかろう？」

「あ、……た、なに……の、だ……？」

コルベッリの口の動きで、声にならない彼の声を聞いたリーザロッテは「そうさな」と答える。

「妾の名はリーザロッテ。……ふむ、ピンと来ておらんようだ。やはり妾の名よりも通称の呼び名の方が独り歩きに広まっているようだ」

隠した口元を露わにし、見る者の欲情を駆り立てる艶やかな唇がその口を開く。

「『悠久の魔女』と呼ばれているようだ。まるで老いぼれのようなこの呼び名、妾は好きではないのだがな……」

悠久の魔女。『次代の明星』は魔法による選民思想を持つ集団である。その優位性を瓦解せしめた『原典』の副本を数多く作製し、万人に平等に魔法知識を知らしめた人物。コルベッリらからすると忌々しい人物。

　その人物が今、コルベッリの目の前で上気した表情に笑みを浮かばせて彼を見ている。

「……う、ううぅうあああ!!」

　憎悪に満ちたコルベッリは、壊れた喉で強引に声を上げて吠える。

「そう興奮せんでも、妾と貴様の蜜月の時間はまだまだ続くぞ？　一人で果てるなよ、妾も逝かせてもらわんと困る」

　まるで湿っぽいその艶めかしい唇が言葉を紡ぐ。

「限定解除『任意流転――』」

　長い長い『一瞬』に、コルベッリは絶望を、リーザロッテは愉悦に楽しむのだった。

○

　それからしばらくして――、というのはリーザロッテの体感であり、牢の外で待機していたミレイネからすれば一瞬のこと、冷たく分厚い鉄のドアが開かれ、熱い吐息を漏らしながらリーザロッテが出てきた。

　頬を紅潮させたリーザロッテに違和感を覚えたミレイネだが、そこに触れない。藪蛇に違いないと彼女は察した。

「リーザロッテ様、よろしいのでしょうか？」

「……ああ、ミレイネ待たせてすまんな。もう良い。知りたいことは聞いたから後は国の方で好きなようにするとよい」

「いえ、本当に一瞬でしたので……」

　リーザロッテの背で閉じられるドア。

　その上部に設けられた覗き窓から見えるコルベッリの姿にミレイネは息をのんだ。

「とはいえ、アレにまだ利用価値があるかは分からんがのう。完全に壊れてしもうた」

　湿っぽさを残す息を吐きながら自らの身を両腕でぎゅっと抱き寄せるリーザロッテの姿は幾多の男性を魅了し、堕とすだろう。

　生きてはいるものの廃人と化してしまっているコルベッリを背後に高揚しているリーザロッテは不気味。

（……やはり藪蛇でした）

「では戻ろうか、ミレイネ」

　安定しない岩床を、綺麗にヒールの音を鳴らしながら歩くリーザロッテの姿は様になっている。同じ女性のミレイネでも惚れ惚れする程である。

「……聖遺物、か。いつからそんな綺麗で大それた呼び方をされるようになったのか。あれは結局のところただの――」

　リーザロッテの後ろを歩くミレイネには、彼女が嘲り（あざけ）ながら呟くその言葉が届くことはなかった。

第四話　打ち合い

入学試験が終了し、受験生が解散した試験会場の一つで、エインズとタリッジが向き合っていた。

その両者から少し離れたところでタリッジが仕えるダリアス。そしてライカ、キリシヤ、セイデルが並んで座る。

エインズとタリッジが向き合う中央にサンティア王国第一王子のハーラルが、この立ち合いの審判として立っていた。

「今からエインズとタリッジの立ち合いを行う。使用する剣は模造刀、攻撃魔法の使用は不可。勝敗は相手の降参や継続不可能と思われた場合。ただし、意図した殺しはもちろんなし」

ハーラルがタリッジとエインズに視線を送り、その反応を見る。

タリッジの方はすでに滾っているようで、目線をエインズから離さずに「ああ」と頷いて返す。

対するエインズは心底面倒そうに、並ぶ模造刀を見ていた。

そんな両者の反応を見てハーラルは同意したものと認識して、二人に剣を選ぶよう呼びかけた。

それぞれが剣を選び、相対する。

タリッジは両手剣を選ぶ。彼の屈強な身体は軽々とその剣を振るっていた。

対するエインズは一般的な片手剣を選ぶ。左腕一本の彼では両手剣は振ることは出来ないため、それらに見向きもせず溜息をつきながら手に取った。

「二人とも、準備はいいかい？」

両手で剣を構えることなくだらりと下げた左手で剣を持つエインズ。

二人の熱量はまるで違う。そして、構えるタリッジ。そこに、舐められたと感じたのかタリッジは脅しをかける。

「おい、お前！　殺しはないから安全だなんて考えるんじゃないぜ！　模造刀とはいえ、骨を断つくらいは可能だからよ」

重さのある両手剣。それをタリッジのように筋力に任せた一振りなら骨はおろか、当たり所が悪ければ死ぬ可能性もある。

ルール上、意図した殺しは反則だが、立ち合い中の不可抗力ならば殺してしまうこともあると暗にタリッジは脅しているのだ。

「いや本当に、なんで僕はこんなことやっているんだ？　……試験を覗いてみた感じ、魔術学院は僕の思っていたほどのものとは違うし、気づけばチャンバラに付き合わされているし」

そうエインズが呟いていたところで、タリッジの視線を感じて「ああ、こわいこわい」と適当に返す。

「……殺す」

ぼそりと、誰にも聞こえないほどの声量で溢すタリッジ。

「では、始め！」

○

ハーラルは合図を出して、上げた腕を振り下ろす。

合図の直後、タリッジのその大きな一歩が踏み込まれる。

その大きな躯体(くたい)の割には素早い動き。もちろんその移動速度はソフィアやエインズのそれには及ばないが、屈強な身体に重い両手剣を持っていると考えればむしろ速い方だ。

まずは小手調べといったところだろうか、タリッジは剣の間合いまでエインズに近寄るとその隆々とした腕で持ち上げた剣を上段から振り下ろす。

だらりと剣を下げたままのエインズは、タリッジのその振りを後ろに下がることで躱す。躱した後に反撃に出ることもせず、その場で動かない。

対するタリッジも追撃することもなく、ゆっくりと剣を構えなおす。

（なるほど、まったくの素人ではないな。大袈裟に振るってみたが、腰が引けた様子もない）

騎士崩れとはいえ、自らの技量を剣王クラスと称しているタリッジ。剣術に関する分析となると冷静な評価をする。

「次、いくぜ！」

再度エインズに接近するタリッジ。

風を断ちながら、その長い刀身をエインズに振るう。横から振るわれた剣もエインズは飛んで避ける。

続く攻撃も躱すばかりでエインズは剣を交えることをしなかった。

それからも何度と重い一撃を振るうタリッジに防戦一方のエインズだったが、しばらくして観念したように大きく溜息をついて剣を構えた。

「どうした、やっと剣を振ることにしたのか？　そのまま逃げ続けるだけでも良かったんだぜ？」

「いや、やめたよ。このまま逃げていても、どうもあなたは疲れる気配もない。勝手にへばってくれればそれで終わりだと思ったんだけど、そうもならなさそうだ」

その青い左目でタリッジを捉え、「かえって面倒になるくらいなら勝敗をつけた方が早そうだ」と剣を持つ手に力を加える。

（あの構え、どこの流派だ？　帝国では見たこともないし、ここに来てからもあんな構えをした奴は知らねえ）

タリッジは雰囲気が変わったエインズを前にむやみに突っ込むことはせず、その初動に注視することにした。

「来ないのなら、今度は僕から行くけどさ。僕には騎士や剣士としての心得もなければその気高さも持ち合わせてないからね」

そうしてエインズは構えていた剣の刀身を傾けていく。

「……？」

何をしようとしているのか分からないタリッジだが、次の瞬間に目の前に強烈な光を感じた。

時として試験も終了して日が傾き始めた頃ではあるが、その強烈な西日を刀身で反射させてタリッジの目を潰す。

「……くそが！」

タリッジも決して品のある剣士ではない。しかし、初めて相対する者に対して目潰しをするような卑怯な手を使ったことは彼でもない。

強烈な光に一瞬目を閉じて怯んだタリッジへ飛び込むエインズ。

ライカはそんなエインズの動きを知っていたが、その他キリシヤやセイデルは義足を嵌めた彼の動きに驚いていた。

ダリアスはエインズの動きを目で追えていないため反応が薄い。

低い姿勢からの音を抑えた足運び。真っすぐタリッジに向かうのではなく、少し横にずれて近接する。

一瞬でも目が潰された相手に対し、目を上下左右に動かせるような動きはさらに姿を捉えづらくさせる。

低い姿勢から、下方に構えた剣を斜め上に振り上げる。畳まれた脚や上体はそのままバネを生み、基本的に力が加わりづらい下方からの振り上げに鋭さを持たせる。

「……っ！」

気配を感じ取るために、直感は剣士にとって重要な能力である。

麻痺する視界でもタリッジは、うっすらと見えるエインズとその気配、剣を振るう動作の際に生まれる音を聞き取り、素早く剣を前に出すことで一撃を防ぐ。しかしそれはただ攻撃を剣で防いだだけであるため、その衝撃はタリッジの身体に響く。

「ひょろい身体のくせに大した威力じゃねえか！」

防がれたエインズは、若干身体の重心が浮いたタリッジの脚目掛けて義足を振るう。

鋭い足払いだが、体重のあるタリッジの身体はびくともせず、エインズは小さく舌打ちをして距離を離した。

「汚い手を使うが足運びや身体の動かし方、お前の剣の腕はなるほど、認めよう。上級剣士程はあることに違いない」

だが、とタリッジは続ける。

「努力の域を超えるところに俺はいるんだ。今、お前に見せてやる！」

タリッジは静かに息を長く吐き、両手剣を片手で持つ。

エインズはそれに一瞬反応したが、それだけ。

傍観するライカたちは目を見開く。

タリッジ程の筋力があれば、両手剣を片手で構えることは可能だろう。しかし、重い剣を片手で振るうとなると、振りは鈍くなり、素早い動きのエインズを相手に使い物にならない。故に彼らにはタリッジの行動が理解できなかった。

タリッジは腐っても剣士。この立ち合いにおいて意味のないことはしない。ということは、両手剣を片手で持つデメリットを消すほどの何かがあるとエインズは察する。

（……なるほど、魔力操作か）

「……いくぞ。ついてこいよ」

タリッジが前に足を踏み込む。

瞬間、タリッジの足元で小さな爆発とともに砂埃が舞う。

先ほどとは段違いの速度でエインズの懐に飛び込んでくると、片手剣のように軽々と両手剣を振りかぶり、鋭く振るう。

刃が潰された刀身は鈍く風を断ち切り、轟音を鳴らしながらエインズの胴目掛けて振るわれる。

瞬時に回避は出来ないと判断するエインズ。そのまま剣で受けてしまってもその威力に手首は砕け、ひしゃげた腕とともに肋骨がやられてしまう。

魔力操作をして、全身を補助的に強化した。そこは流石のエインズである。迫りくる剣を前に一瞬よりも短い時間でそれを成す。

「骨の何本かもらっていくぜ!!」

激しい音とともに、タリッジの剣とエインズの剣がぶつかり合う。

魔力操作によりエインズの身体はその負荷に壊れてしまうことはなかったが、体勢が完璧ではなかった。その重い振りに、剣で防ぐことはできたが後方へ吹っ飛ばされてしまった。

エインズが後方の壁にぶつかる音とともに、大きな砂煙が舞う。

「エインズさん!」

見ていたキリシヤがエインズを心配して声を上げる。

「キリシヤ様安心してください。あのエインズ殿です。きっと無事でしょう」

砂煙で見えない中、セイデルがキリシヤに声をかける。

「ええ、エインズなら大丈夫よ。どうせ飄々としているわよ」

ライカは信頼しているようで、誰一人心配することもなく砂煙が晴れるのを待つ。

「今のでやったか、タリッジ！」

○

ダリアスは、吹っ飛ばされ大きな音を上げ壁に衝突したエインズに、タリッジの勝ちを悟る。

ダリアスに反してタリッジは眉間に皺を作りながら砂煙の方をじっと見つめる。

（不愉快だが、肋骨を砕いた手ごたえもなければ手首を砕いた手ごたえもねえ）

ダリアスに答えることもなく見つめる先で砂埃が晴れる。

そこには平然と立ち、口の中に入った砂を必死に吐き出そうとしているエインズがいた。

「エインズさん！　……よかった」

「そうですね、キリシヤ様」

キリシヤは安堵に、再び腰を下ろす。

「……やはり捉えきれてなかったか」

いまだ口の中に若干砂を感じて苦い表情を見せるエインズだが、口をゆすがないと取り切れないと諦めて剣を構える。

「なるほどね、一撃の重さに特化した攻撃か。ソフィアとは違う剣士のようだね」

タリッジが剣王の実力に至れた大きな理由は、その類まれなる強靭な身体にある。魔法士が魔力総量という先天的才能が必要だとすれば、剣士の先天的才能は身体と言わざるを得ない。

腕が長い者はその分、リーチで相手に勝る。優れた腱や筋肉の付きやすい身体は、瞬発的な力は勿論、爆発的な力を潜在的に有している。

タリッジの剣士としての大成はこれにあった。魔力操作におけるセンスは並だとしても、強化される身体が類まれなる才能の塊であるのならばその脅威は凄まじいものとなる。

タリッジは剣王クラスである。

エインズはタリッジのその実力を読み取った。

剣術において恐らくソフィアには及ばない。しかし、その剣術を補う以上の脅威たらしめる身体こそがタリッジの実力。

いまだ高ぶらないエインズだが、反撃の体勢を取る。

その目はタリッジを捉える。

タリッジもエインズの目を見る。その目は冷たいが、大剣を持つ手の平がじわりと汗ばむ。

（……次のやり取りが最後かもしれんな）

汗ばんだ手のひらを交互にパンツで拭い、分厚い皮膚に傷痕残る手で剣を握りしめる。

遠く離れた端からエインズは駆ける。

無理のない重心移動に、合理的な身体の動かし方、そして比類なき魔力操作によって為される身体強化はエインズの動きを常人では捉えきれないものまで昇華させる。

タリッジが踏み込んだ時のような小爆発は起きない。

地面の砂が舞ったと思った刹那、エインズの姿はそこから消える。

タリッジがエインズを次に視認した時にはすでに懐近くまで近接していた。

「……ぐっ！」

タリッジは自らが成せる最大限の強化を、その腱と筋肉にかける。強引な強化は関節に多少負荷をかけるが、そこまで考慮している余裕は今のタリッジにはない。

一般人ではまともに振ることも出来ないその大剣をタリッジは一瞬で振り上げる。

懐近くまで飛び込んだエインズだったが、タリッジの強引な動きに舌打ちをしそうになる。

ここから剣を振るうエインズと、すでに構え終わり振り下ろすだけのタリッジでは軍配が上がるのは間違いなくタリッジ。

そこでエインズは、タリッジが振り下ろした直後の隙を狙うことにした。だが、攻め気を無くせばタリッジに感づかれてしまう。故に最後まで剣を振りぬく意思で臨む。

エインズの予想通り、エインズの一足も二足も先にタリッジの振り下ろされた大剣が西日を浴びて、真っ赤に染まる残像を残しながらエインズに迫る。

回避する気配は隠しつつ、その動きを頭に入れていたエインズはすぐに横へ一歩躱す。

タリッジの大剣はエインズを捉えられず、彼の先いた地面を抉るに留まった。

（これで終わり……）

エインズのそこに喜びはなく、やっと終わるといった解放感だけがある。

回避した体勢から足を踏み込んで一閃しようとエインズが動きを取った瞬間だった。

足元の地面が膨れ上がる感覚が彼に得体の知れない危機感を覚えさせる。

「……なっ！」

エインズはその視界に捉えた。

先ほど横に一歩飛んだことによって回避したタリッジの大剣が、空を切り地面を叩きつけたままその勢い止まらず、地面を抉り強引にすぐ横のエインズの胴体目掛けて地中から鈍い刃を光らせていることを。

タリッジに一撃食らわさんとしていたエインズの片手剣は、タリッジの胴にその刃を向けることなく、地中からの重い一撃への防御態勢を取っていた。

砂塵を巻き上げながら伸びる大剣とエインズの片手剣が激しくぶつかり合う。

「……っ！」

エインズは左手に強い痺れを感じながら後方へ弾かれる。

強引な追撃をしたタリッジは今度こそ大きな隙を見せるが、弾かれたエインズは剣の間合いからすでに離れていた。

加えて、上方へ弾かれた左手が持っていた片手剣はその半ばから真っ二つに折られ、その半身は宙を舞っている。

いまだ体勢を整えていないタリッジだが、その顔は勝利を確信していた。

「タリッジ、よくやった！」

座っていた椅子から飛び上がるダリアス。

対して、宙を弱弱しく回転しながら舞う半分の刀身と身体が宙に浮かび上がってしまっているエインズを不安そうに見つめる三人。

武器破壊をしてしまえば、得物があるタリッジが優勢。なんならば、審判役を買って出ているハーラルがそのまま勝敗を決してしまうまである。

(本当に面倒くさい！　魔法を使っていたならこんなチャンバラごっこ、剣を交えずとも終わっていたのに！　だけど、その勝ち誇った顔も不愉快だ)

エインズはまだ終わっていなかった。

先を失った片手剣をタリッジの顔目掛けて投げる。

「無駄な足掻きをっ！」

それを肩から上だけの動きで躱す。

エインズはその間に一度右足で地面を蹴ると、魔力操作で強化してある左脚義足で宙を舞っている剣の片割れを蹴り飛ばす。

蹴られた刃先がタリッジの胸目掛けて飛ぶ間に再度エインズは地面を蹴って、離されてしまったタリッジとの距離を縮める。

「くっ……」

刃先への対応に回避行動がとれないタリッジは、大剣を盾のように構えて防ぐ。

咄嗟の行動ではあるがエインズの悪足掻きを完全に防ぎ切ったタリッジだったが、エインズの目的は、すでに動きを止めた大剣にある。

タリッジとの距離を詰めたエインズは右脚を軸に左の義足の先端を突くような直線的で鋭い蹴りを繰り出す。

義足の先がタリッジの持つ大剣の刀身を叩いたと同時に、その接した一点から刀身目掛けて濃密な魔力を瞬時に放出する。

「……は？」

タリッジの手に痺れはなかった。

およそ似つかわしくない程に軽い音をたてて大剣は粉砕した。

「……」

「……」

そこからエインズは追撃することなく動きを止める。対するタリッジもエインズの予想外な動きとその結果に呆然と固まるしかなかった。

「……っ！　そこまで！　両者の武器消失を確認したため、戦闘の継続は不可能と判断し引き分けとする」

意外な結末に、はっと我に返ったハーラルがその戦いに終止符を打った。

「はあぁ。別に勝ち負けに興味はないし、これで僕は帰っていいんだよね？」

エインズは蹴り上げていた左脚を下げ、瞠目しているタリッジやその周囲に散らばる二本の剣の残骸に目を向けることなく、声も出せず固まっているキリシヤとセイデル、そしてライカの元へ歩を進めた。

三人の元までやってきたエインズの表情からは面倒事からの解放感を読み取れる。

「エインズさん、すごかったです！」

そんなエインズの顔に、額が合わさりそうな程に接近して感激しているキリシヤ。

「え、あ……。ありがとう、ございます」

キリシヤに左手をぎゅっと両手で握りしめられたエインズは戸惑ってしまう。

「私の目なんかでは途中までしか追えませんでした！　びゅっと、本当に、びゅっびゅって、すごい速さで、びっくりしました！」

剣を交えたエインズやタリッジ以上に、その迫力ある剣戟に興奮冷めやらぬキリシヤ。

「キリシヤ、少しは落ち着いて」

そんな王女の、友人の姿に苦笑いを浮かべるが嬉しく感じたライカは彼女をなだめる。

「エインズ、さすがね！　一応、勝敗は着かない結果だったけど今の打ち合いを見ればどちらが上だったか分かるわよ」

ライカがちらりと見やる先にはダリアスがいる。

呆然とした表情をしていた彼も、粉々に散った剣の残骸の中で立ち尽くすタリッジを見ながら徐々に苦虫を潰したような表情になっていく。

そんなダリアスの表情を見て一泡吹かすことが出来たと笑みを作るライカだったが、口角の上がっていないエインズを見て目を伏せる。

「……無理言って悪かったわ。ごめんなさい」

そう視線を外しながら呟くライカの姿にエインズは意外な一面を見たような気がした。

「まあ、終わったんだしいいよ」

少し目尻を下げながら答えるエインズ。

エインズのすぐ横からいまだ目を輝かせるように感想を話し続けるキリシヤ、それに若干引きながらも相槌を打ちながら対応するエインズ。キリシヤの両側から笑うようになだめるライカとセイデル。

そんな喜色満面な妹やその友人に水を差すのも無粋と判断し、ハーラルは静かにその場を後にする。

ハーラルは途中、ダリアスとすれ違う際に「入学後はお互い学生だから、少し控えめにね」と肩をぽんと優しく叩いていく。

「……お気遣い、感謝致します」

悔しさに声が震えていたダリアスも、ハーラルが去った後にタリッジに声をかけて帰路についた。

エインズやライカたち四人だけが残る広い試験会場にはキリシヤの声だけが響いていた。

〇

早口で次々と言葉を紡いでいたキリシヤの口もそれから少し経って収まりを見せた。

間もなく日も落ちきるということで、ライカやエインズと挨拶を交わし、セイデルを連れて帰路についた。

エインズたちも二人の姿が建物で見えなくなった頃、家路につく。

陽は沈み、空は夕焼けに染まる橙から暗く夜のとばりが下り始める。

整備された道の両端に並ぶ街灯、それらに灯り(とぼ)が点る。

ぼんやりと照らされた道をエインズとライカは横に並んで歩く。魔術学院から居住区までの道を歩くほとんどは居住区に住まう子息令嬢である。そのため、入学試験が終了してからかなり時間が経った今では二人の他に人の姿は見えない。

石畳を義足で鳴らしながら歩くエインズ。彼らは口を開くことなく、静かに歩みを進める。人気のない夜の様子も相まって静謐(せいひつ)な空気が広がっている。

「……エインズ、改めてごめんなさい」

そんな口が開きづらい空気もあったのだろう、ライカの声は細々としていた。

「別にもう気にもしてないよ」

ライカの指している内容は、先のエインズとタリッジによる打ち合いのことである。

事が終わり落ち着きを取り戻しているライカは、変な自尊心によって空回りした挙句、心底面倒そうにしていたエインズに無理やりタリッジと立ち合わせてしまったという罪悪感と己の恥ずかしさに苛まれていた。

「それでも、従者という建前を利用してエインズの意思を無視してしまったし……」

「まあ……。それでも収穫はあったし、無駄ではなかったよ」

エインズはそんな肩を落としているライカを見ながら優しく返す。

足元の石畳に目を落としながら歩いていたライカは、エインズの言葉に「本当に？」と弱弱しく目線を移す。

「うん。ガイリーン帝国は剣術に長けているんだったよね」

「そうね。逆に魔法のレベルは王国よりも低いわね」

どちらかと言えば魔法に力を入れているサンティア王国を毛嫌いしての剣術特化路線を取っているとも言えなくもないが。

「だけど、剣術にも魔力操作が織り交ぜられていたよ。あんな粗暴な男でも魔力操作の技術はそこそこだったよ」

「タリッジが、魔力操作を？」

魔法も使えなければ、その知識も遥かに少ないタリッジが魔力操作に長けているとは思ってもいなかったため、ライカは思わず驚いてしまった。

「そうだね。途中からの動きはまさに体内での魔力操作による身体強化。荒々しい彼でも今のソフィアよりも使いこなせていたよ」

タリッジは力強さという自分の強みを理解し、それを身体強化によって最大限に発揮していた。

そこに繊細さはなかったものの、魔法士で溢れるサンティア王国でも脅威足り得るほど。

そしてそれはガイリーン帝国をチャンバラ文化だと侮っていたエインズの好奇心に繋がる。

「彼のクラスであのレベルだ。その上はどうなんだろうね……」

より高度な魔力操作をするのかもしれない。はたまた、剣術を模しているがその実、魔法を発現しているかもしれない。タリッジが剣王のクラス。その上のクラスの剣士はもしかすると。

そんな期待にエインズは胸を膨らませていた。

先の打ち合いをエインズがある程度意味をもって消化することが出来ている様子を見て、ライカは少しほっとした気持ちになる。

「とはいえ今日の試験の様子を見たところ、魔術学院が僕の思っていたものとは違ったから少しがっかりしたけどね」

ライカは小さく溜息をつくエインズを横目に、

「……そりゃ、エインズの実力を考えるとそうなるでしょうね」

と苦笑いした。

そこからは話しづらい空気はさっぱりなくなり、夜の静けさが広がる家路を二人は朗らかに話しながら歩いた。

○

ブランディ邸に到着すると、二人はすぐにダイニングへ向かう。ダイニングにはそわそわと落ち着きのない様子のカンザスとその後ろでリステが静かに直立してライカの帰りを待っていた。

ライカの姿が見えるとカンザスは思わず椅子から立ち上がりそうになるが、娘の手前逸る気持ちを抑え込み、若干浮き上がった腰を椅子に沈めた。

「お帰り、ライカ。そしてエインズ殿も。お腹も空いているだろう、すぐに夕食にしよう」

カンザスはライカの試験の手応えを知りたいのだろう、表情には出していないもののリステに指示を飛ばす口ぶりはいつになく忙しない。

娘であるライカはカンザスのそんな機微を容易く感じ取り、可笑しく思った。

メイドに引かれた席にエインズが座った頃、ダイニングにソフィアがやってくる。

「おかえりなさいませエインズ様」

「ただいま、ソフィア。今日は何をしていたの？」

エインズの姿を見て、お辞儀をしたソフィアはエインズの言葉に耳を傾けながら席につく。

「今日はリステさんとお買い物を少しした後、エインズ様に教わりました身体強化の鍛錬を一日しておりました」

ダイニングに来る前に水浴びでもしたのだろう、ソフィアの髪の先はまだ水気が残っていた。

「真面目だね。この前からどれだけ上達したんだろうね。今日打ち合った男ほどはまだ使いこなせないかな？」

「エインズ様、打ち合ったとは？」

「ああ、それはね――――」

四人はテーブルの上に並べられた料理に手を伸ばしながら、エインズはソフィアと、ライカはカンザスと入学試験での出来事を話したのだった。

カンザスはライカの腕前が試験会場の注目を集めたことに声を大にして喜び、ソフィアはエインズが剣王クラスの剣士と打ち合った様子を直接見ることがかなわなかったことに酷く悔しがり、両者正反対の反応を示した。

　ブランディ家に仕える料理人が腕によりをかけた料理も食べ終わり、ゆっくりと食後のコーヒーを楽しんでいたエインズにカンザスは質問を投げかける。

「話を聞く限り、ライカの試験も無事終わったようでエインズ殿には本当にお世話になりました。合否発表まで時間もありますが、エインズ殿はその間どのように過ごされるのですか？」

「そうですね。……そういえば、王城の玉座の件はどうなったんでしょうか。あの玉座には、相対する者へ作為的に威圧感を与える術式が組み込まれていました。ぜひ座ってみたいんですけどね。また改めて検証する時間をもらえるということでしたが」

　エインズはカップをソーサーの上に置き、カンザスの方へ向き直る。

「確かに。一度私の方から打診してみましょう。すぐに了承の返事はもらえないでしょうが」

「いえ、別に。急ぐことでもないですし、構いませんよ」

　そう答えてエインズはこれからの時間の使いようについて考える。

　そして、ふと今日の入学試験の時を思い出した。貴族でもない一般市民でも魔術学院の門を叩くことが出来るが、彼らは一体どのようにして試験に臨む教養を身に付けているのだろうか。

　金銭的に裕福な貴族や商人の家の子息令嬢であれば家庭教師が付けられる。しかし一般市民だとそうはいかない。誰かが善意で教えているのだろうか。

　エインズはそこに興味を持った。

「そういえばキルクも一般街区の中心しか散策できてないし、西の方には行けてないな……」

「西は商業区になりますから私もそちらの方には行ったことがありません」

ソフィアはナプキンで口元を軽く拭きながらエインズに同調する。

「それじゃ、その商業区に行ってみようかな」

「エインズ様、お供いたします！」

背筋を伸ばして答えるソフィア。

それを向かいから見ていたライカは「私はキリシヤとの約束があるからパスするわね」と首を横に振った。

「ちょっと、いや、かなり不安だけど、二人で行こうかソフィア」

「エインズ様、ご安心を！　私がエインズ様に降りかかる災いを全て払い除けてみせましょう！」

意気込むソフィア。エインズが不安に思っている要因の大半はソフィアなのだが、それは口にしなかった。

食後のコーヒーをゆっくりと楽しんだエインズは、さっと浴場で汗を流し、カンザスから与えられていた客間のベッドに横になった。

一日仕事だったエインズはすぐに意識を手放したのだった。

第四章　聖遺物は語らない

第一話　落ちる鱗

太陽も昇り光が窓から差し込む頃、メイドの呼び声にエインズは目を覚ます。

寝起きすぐは頭も回らず左右にふらふらと頭を揺らしていたエインズだったが、伸びをして寝巻から着替えた頃にはすっきりと覚醒していた。

メイドの後ろを歩き、ダイニングに向かうエインズ。すでにライカとソフィアは朝食をとっている最中で、軽く挨拶を交わした。

ライカの話を聞くに、カンザスはすでに朝食を済ましており、執務の関係で登城しているとのことだった。

ブランディ領自慢の麦を使用したパンはきつね色に焼かれており、その芳醇な香りと甘さが渋いコーヒーによく合う。

ブランディ家の夕食も料理人が腕によりをかけた品ばかりだが、朝の焼かれたパンとコーヒーの組み合わせもまた至福。なんなら朝食の方が楽しみかもしれない、エインズは湯気が立つカップを口元に寄せながらそう感じていた。

朝食を済ませたソフィアは一旦、支度があると言って客間に戻って行った。

整った身なりで朝食を取っていたソフィアに何の支度があるのかと、エインズは訝(いぶか)しんでソフィアの退出していった方を見ていると、リステに注いでもらった紅茶を飲んでいたライカが含みのある笑みを浮かばせる。

「ふふっ。エインズ、きっと後でびっくりするわよ？」

「ええ。素材が良いとちょっと手を加えただけで驚くほどに見違えます」

リステがライカに相槌を打ちながら、テーブル上の空いた食器をワゴンに移していく。

「僕が、驚く？」

二人のやり取りに皆目見当もつかないエインズは謎が深まるばかり。

「さてと、わたしもそろそろ準備してキリシヤの所に行かなくちゃ」

ライカはナプキンで口元を拭き、ダイニングを後にする。リステはダイニングから退出する際に、エインズに静かに会釈をしてライカの後を歩く。

「……なにか分かる？」

「……」

エインズは後ろに控えているメイドに声をかけてみるが案の定返答はなく、姿勢を崩さず静かに直立していた。

コーヒーを飲み干したエインズが玄関前の広間の方でソフィアを待っていると、緊張した様子で声をかけられた。

「エ、エインズ様。お待たせいたしました」

「うん？　支度はもう済んだ、の……？」

エインズが振り返った先には、上をVネックブラウスで包み、引き締まった足首が姿を見せるフレアスカートを下に合わせた淑女が立っていた。

「……ソ、ソフィア、なの？」

「へ、変でしょうか。やはり私にはこういった装いは、に、似合わないですよね」

普段は後ろに括っている長い茶色の髪も、今は下ろしている。

下ろした髪で見えないが、ソフィアがその恥ずかしさから耳を真っ赤にしているだろうことはエインズには分かった。

ライカとリステが言っていたのはこれのことか、と珍しく帯剣していないソフィアを見ながらエインズは理解した。

「すごいよソフィア！　似合っているし、ライカよりも品のある淑女だよ！　どこのお嬢様かと思ったよ」

「ありがとうございます。……恥ずかしいですね」

恥ずかしさが残っているものの、エインズに褒められたことに満更でもない様子のソフィアの赤面した顔は薄く化粧も施されていた。

「その服はどうしたの？」

皺もない真新しい服を、アインズ領を出発した時に持っていなかった。

「昨日リステさんに連れられて街の方で買っていただきました。どうも私の普段の服装が見ていて息苦しくなるそうでして……」

エインズとライカが魔術学院に出発した後、リステは朝から鍛錬をしようとしていたソフィアを捕まえて洋服屋に連れて行ったそうなのだ。

「本来であれば、今日は西の方へエインズ様の護衛としてお供するつもりだったのですが、……腰に剣を差していないと若干の気持ち悪さがあります……」

腰の方に目を落とすソフィア。下ろしている髪が肩から前方に垂れる。

ふとした仕草に年上の魅力が現れる。

「別にいいよ。ただキルクを散策するだけだし。張り詰めた様子よりも、着飾った女性らしいソフィアと出かける方がずっと楽しいだろうし」

エインズはソフィアの前を歩いていき、玄関を出る。

「ほら、行こうか。今日は騎士とかそんなの忘れて散策を楽しもうよ」

「……ご迷惑でなければ」

普段は凛とした佇まいだが、帯剣していないと性格も変わるのかその控えめな感じが奥ゆかしさを感じさせる。

「行ってらっしゃいませ」

メイドに見送られながらエインズとソフィアは邸宅を出発した。

王都キルクの東部にある居住区から、いつも人でごった返している一般街区を通り、西部へ進む。

西部は商人が多く住まい、また、商会を展開する商業区である。

居住区より絢爛豪華な外観を成しているものもわずかにあるが、多くの商会は一般的な木造の建造物に看板で商会名を載せているものばかりだ。

商会の営業方法は、商品を仕入れそれを卸す。故に多くの商品が日々出入りしている。それが商会の数だけ動く。

商品を積んだ荷車や馬車、それらが行き交う商業区の道は居住区よりも広い幅員を有している。大きな道幅もあり、中層の共同住宅が並んでいてもそれ程圧迫感を与えない。

「一般街区はいつ歩いても、人混みに酔うね……」

げっそりした様子でとぼとぼと歩くエインズ。

「そうですね。少し覚悟をしなければ急激に体力を持っていかれそうな気がします」

日々厳しい鍛錬に明け暮れているソフィアでも一般街区を抜け、安堵に胸をなでおろしている。

それでも綺麗な姿勢を保ち歩く姿に、すれ違う男性は振り返るほどである。

「そういえばエインズ様。どうして西部の方へ行こうと思われたのですか？」

背筋も曲がり、前かがみにゆったり歩くエインズに合わせるように歩幅を調整するソフィア。

「そうだね。魔術学院に行ったんだよね。そこでライカやキリシヤさんのような貴族ではない一般の学生をけっこうな数見たんだよ。それが不思議に思ってね」

「不思議とは？」

「ほら、金銭面で裕福だったら家庭教師を雇えるじゃない？　だったら入学試験にも有利だと思うけど、貴族の子と変わらない魔法技量を持った子もいたんだよね」

「つまり、どのようにしてその知識や技量を身に付けたのか。貴族の家庭教師のように子どもに魔法を教える人物、もしくは塾のような場所があるのか、と」

「そう、それが気になったんだよ」

エインズは大きく溜息を一度吐くと、背筋を伸ばし視線をしっかりソフィアの前に移して歩く。

そのエインズの横を大きな荷物を載せた馬車が走り去っていく。大きな重量を載せた荷車が石畳を走るため、その振動がエインズの足に響く。

これだけ頻繁に馬車が行き交うのだ。常に地面が揺れているような感覚すら持ってしまう。

「ですが、そのような方がどこにいるのか、もしくは塾のような所がどこにあるのか見当もつきません。徒労に終わるかもしれませんよ？」

「別に時間だけはいっぱいあるんだしいいじゃない。しらみ潰しに当たってみようよ」

「……それもそうですね」

ソフィアが肩からかけているポーチには、硬貨が入っている。休憩に茶店やレストランでも行ったらどうかと、昨日のうちにカンザスから受け取ったものだ。

〇

それから数時間後。

途中、見かけた茶店で腰を下ろして休んだりもしながら商業区を歩いたが、エインズが求めているそれらしき場所は見つからなかった。

「……これだったら、出かける前にカンザスさんにそれとなく聞いてみるべきだった……」

数時間前の意気込みはどこに行ってしまったのか、すでにエインズの心は折れてしまっていた。

そんなエインズの様子に思わず苦笑してしまうソフィア。

「どうしましょうかエインズ様。今日は戻りますか？」

「……うーん」

それでもぽつぽつと前へ歩くエインズ。

商業区の南部。キルクの南西部にあたるところを歩くエインズとソフィア。

頻繁に行き交っていた馬車の数は減り、看板を掲げる商会の建物も見当たらなくなってきた。築年数がある程度経っている共同住宅が現れ始め、空き地や畑なんかも目立つようになってきた。

「少し雰囲気も変わってきましたね」

あたりを見回しながらエインズに声をかけるソフィア。

「そうだね。なんというかさ、寂れているね」

外部からやってきたエインズやソフィアでも感じ取ってしまうほど、ここ王都キルクの南西部はこれまでとまた一段と空気が違っていた。

それはキルクに限らず、サンティア王国に限らず、どこにでもあるような場所。活気横溢なキルクであっても、その光は影を落とす。

エインズ達が歩くここそが、キルクが落とした影。いわばスラム街。

他の街や国に比べればまだ治安の良い部類であるが、キルクの光の部分が眩しすぎるがゆえにそのインパクトは大きい。

広い道だけが無機質に伸びており、整備が行き届いていた石畳もここでは割れや欠損が見られた。

放棄されたゴミも徐々に目立つようになっていき、それは南部に下るほど顕著になっていく。

「……」

「……」

二人の会話も減っていく。

ソフィアは悲しげな表情で、エインズは何を考えているのか読み取れない無表情で昼下がりの寂れた街を眺めていた。

ちょうど道の交差点。

広い幅員の道が交差すれば、そこそこな大きさのある広場のようなものになる。

ゴミは散乱し、道の端には朽ち果てそうな小屋というか捨てられた木材や建材を無理やりにつなぎ合わせた、ぎりぎり雨をしのげる程度の寝床がいくつも並んでいる。

「おら！　さっさとよこせクズが！」

活気ない静かなスラム街に荒々しい声が響き渡る。

「や、やめて……。これだけは、ほんとうに……、いや！」

エインズとソフィア、二人は声の発信源に目を向ける。

そこには、調整も施されていないガラクタのような短剣等を手にした複数人の男と、彼らの中で、何かを大事に守るように身体を小さく丸めている少女がいた。

「うるせえ！　お前らのようなゴミ共が取り締まられもせずここで生きていけるだけでも感謝しな

きゃならねえだろうが！　人様にケチをつけられる立場じゃねえだろうがよ！」

小さく丸まる少女の横っ腹を黒い革製のブーツで蹴り上げる男。

「……っつ」

強引に息が吐きだされ、声にならない悲鳴を上げる少女。年はエインズやライカより少し若い、十歳くらいであろうか。

一人の男だけではなく、少女を囲む男たちが蹴り、踏み、罵声を浴びせる。

「だれか……、だ、れ……」

少女の小さな救いを求める声は、男たちの激しい罵声にかき消される。

周囲には、朽ち果てそうな寝床からびくびくと事を静観する者、自分に同じ理不尽が降りかからないでくれと祈るように身体を震わせながら手を合わせる者。少女に同情はするが、自分には彼女を救う力もなく、罪悪感に苛まれながら目を背ける者。

そこは異様な場所だった。ぎらついた目で不格好な得物で少女を脅し暴力を加える男たちと、少女と同じ境遇にいる死んだように息をひそめる者たち、そして蹴られる男たちの足の隙間から見えるそんなスラム街の人間に涙する少女。

「……見るに堪えません！」

エインズの横で憤りを覚えるソフィア。

「……」

エインズも思う。少女には同情する。しかしソフィアのようにこの三様のどれにも憤りを覚えたりはしなかった。

「エインズ様、ここでお待ちを！」

小さく言葉を残し、少女の元へ駆けていくソフィア。

「あっ！　ソフィア、君、帯剣していないこと忘れてない⁉」

エインズは左手を伸ばしながら呼びかけるが、すでにソフィアは止まらず男たちのもとまで近づいていた。

「……はあ。仕方ないか」

エインズはゆっくりとソフィアの後を歩いて追う。

「おい貴様ら。今すぐその子から離れろ」

着飾った女性の外見からはおよそ似つかない冷たい声で男たちに制止を呼びかけるソフィア。

「……なんだあ？　お前には関係ないだろうが‼」

少女を蹴っていた足を一旦止め、ソフィアに向き直る男の一人。残る四人はいまだに少女を蹴り続け、その胸元の隠している何かを奪おうとしていた。

「確かに関係はない。だが貴様らのその所業、正当なものではないのは明らかだ」

「姉ちゃん、分かってねえな。ここにいるこいつらに庇護を受ける資格はねえんだよ！」

男は、静かに涙を流し段々と弱っていく少女を一瞥してソフィアに語る。

「こいつらの過去は知らねえ。だが、こいつらは今現在王国に住まう義務を何一つ成していねえ。納税するわけでもねえ、働くわけでもねえ、違法にここらに住み着き、キルクの街の一角を殺してやがる。こんなゴミ共のせいでだ」

「それが貴様らの行いを正当化するものではないだろう！」

「いいや、変わらんね。王国に住みながら、自らの義務を果たさない。国の介入があれば間違いなく牢にぶち込まれる。その後は使い捨ての炭鉱送り」

男は鼻で笑いながら続ける。

「ここで持っている物を渡せばそれをチンコロせずに見逃してやるって言ってんだ。俺らの方がまだ優しい。こいつらだって死にたくはねえだろ」

まあ、生きてる理由もなさそうだがな、と男が締めたあたりで、とうとう少女は力尽き、胸元に抱えていたペンダントを地面に落としてしまった。

それを男の一人が拾い上げ、ソフィアと話していた男に合図を飛ばす。

「手に入れたか。帰るぞ、兄貴に渡さなきゃならん」

○

ソフィアは今すぐに男五人に斬りかかろうとするが、普段あるはずの剣が今は腰にない。

腰のあたりで宙をさまようソフィアの右手。その目は男たちを射殺せんばかりだ。

「ソフィア、だめだよ剣も持たずに一人で行ったら」

そこに到着したエインズ。

「はっ、姉ちゃんの仲間か。なんとも……、足手まといのようだな」

見定めるようにエインズの足から頭まで見やる男と、肩をすくめながら静かに立っているエインズ。

「この女、どうする？　けっこうな上玉だぜ？　……攫うか？」

ペンダントを握り持つ男がソフィアに下卑た目を向ける。

「いや、今はそれよりペンダントが先だ。兄貴のところに戻るぞ。姉ちゃんもそこの足手まといな助っ人に免じて今は見逃してやる。さっさとここから去るこったな！」

男はそう言い終えると、気配を殺し目を伏せているスラムの住人を蔑視しながら仲間を連れて歩き去っていった。

「いいのですか、エインズ様⁉」

エインズは何もせず、男たちが去っていく方向をぼうっと眺めていた。

ソフィアの方は今すぐにでも男たちを追いかけようと考えていたが、横のエインズが動こうとしない。そのためソフィアは動かずじっと男たちの背中を睨みつけていた。

「なにが？」

きょとんとした様子で返答するエインズ。

「あの男たちです。あんな横暴、私は許せません」

「そうだね、たしかに乱暴だったね……」

うんうんと頷くエインズ。

「……そ、それだけでしょうか……？」

頷くだけで何も動こうとしないエインズにソフィアは肩透かしを食らう。

「他になにかあるの？」

「この少女は助けないのですか？」

ソフィアが目を向ける先には、先程まで袋叩きにあっていた少女。その顔は口の端が切れており、擦り傷も多々見られ、赤く汚れている。着ている服はそもそもが粗末なものだが、汚れに加えて破れている箇所も多くある。

「かわいそうだけど、……もしかしてソフィア、その女の子を助けるの？」

「は、はい。というよりもエインズ様ならそうなさると思いましたが……」

まさか？　と疑うような目でエインズはソフィアを見る。

ソフィアの言葉は尻すぼみに小さくなっていく。

「まさか⁉　そんなことしないよ、無駄でしょ」

「……へ？」

エインズの返しに思わず声が漏れるソフィア。

「ソフィア、その子をなぜ救うの？」

まさかの質問を聞かれるソフィア。

「なぜ、とは。目の前で理不尽な目に遭わされているのは見過ごせません！」

「正義感の強いソフィアらしい。ならなぜその子だけなの？　周りにも似た境遇の人間は多くいるよ？　今回はソフィアの目の前で理不尽な目に遭っていないけれども、別の所で遭うかもしれないし、遭っていたかもしれない。どうして彼らは助けず、その子は助ける？」

「そ、それは……」

答えに詰まるソフィアを数秒見つめ、それから小さく息を吐くエインズ。

「……たしかに、目の前でぼろぼろの少女を見過ごして帰るのは寝覚めが悪い」

エインズは指輪のアイテムボックスを展開し、その中からポーションを取り出す。

瓶の口を開け、血に汚れた少女の顔を持ち上げて口から流し込む。

少女は一度むせたようにせき込むが、その後のみ込んでいく。

それから間もなくして怪我(けが)がきれいさっぱりなくなった少女は目を開ける。

「た、助かりました。……ありがとうございます」

瓶を持って少女を見つめるエインズに、座ったまま小さくお礼を言う。

「それじゃ、行こうかソフィア」

「……は、はい」

ソフィアは心にとげが刺さっているような、もやもやと消化不十分な感覚を覚えた。

「ま、待ってください！」

少女は背を向け歩き始めたエインズを呼び止める。

「うん？　どうしたの？」

少女に向き直るエインズの心情は読み取れない。

「ど、どうか先ほどのペンダント、取りかえしてはもらえないでしょうか？　そ、それか、衛兵にお願いをしていただけたら……。わたしだと、わたしの身分だと、だめ、ですから」

暗く沈んだ顔で話す少女。

そんな少女を悲しそうな表情で見つめるソフィア。一瞬エインズの顔を窺った後、少女に尋ねる。

「……あのペンダントはあなたの何なのですか？　どうしてあなたから奪おうとしたのでしょうか？」

身なりから判断するに、その少女が持っていたペンダントに高値がつくほどの価値はないだろう。

ソフィアは少女に尋ねる。

「あれは、お母さんのたった一つの形見なの。それをあの恐い人たちは、『セイイブツ』とか言ってわたしから……」

少女の言葉にソフィアは一瞬目を見開いて驚いたあと、「……そうですか」と小さく頷いた。

「ほらね、ソフィア。これだよ」

そんな二人を置き去りにエインズは呆れた様子で話し始める。

「僕がなぜその子を助けなかったのか。これだよソフィア、分かる？」

「……い、いえ」

「他人に助けを求めるばかり。助けてもらったことはお礼を言っただけで済ませ、それからさらに助けを求める。自分は何もしようとしないのにさ」

「え？」

まさかそんな言葉をかけられるとは思わず、少女はエインズの言葉に驚いた。

「きみ、どうして自分で取り返そうとしないの？」

「わ、わたしには……」

持たざる者ゆえの自信の無さが少女から滲み出ていた。

「無理かい？　ならどうして自分には無理な事を他人に任せるの？　きみが受けたように僕たちも彼らから暴力を受けるかもしれないのに。しかもその理由はきみのお願いを聞いたがために、だ」

「……」

エインズの言葉に少女は黙ってしまう。

しかし少女の言葉にそんな無責任な気持ちがあったわけではないし、意図して話した言葉でもない。無意識に、あわよくば、助けを求めた。それだけだ。

「……僕らなら彼らから無傷できみのペンダントを取り返すことも容易いと思うよ」

「でで、でしたら」

焦ったように回る少女の口。

そこでエインズは少女から目を外し、ソフィアに顔を向けた。

「それでその後、この子はどうなると思う？」

「……エインズ様を感謝なさると思います」

エインズはソフィアの言葉に首を横に振る。

「そういうことじゃない。救われた少女はその後も無事だと思う？　他人に助けられるだけで自分はそこから一歩も動いていないこの子が、だ」

○

エインズは続ける。

「断言しよう。僕らが去ったあとで別の誰かに奪われるだろうね。それはすぐじゃないかもしれない。だけど将来必ず誰かに搾取されるよ」

餌を与えられるだけの家畜はそれ以上を求めない。自らが狩りをして食料を手に入れようとは考えない。

「ソフィアの先ほどの言葉はその子にとってその場しのぎ。今はポーションで怪我はなくなったけど、次も同じ怪我、いやそれ以上の苦痛と絶望を重ねるかもしれない」

「し、しかしエインズ様。以前の少年、リートの時にはお救いになられました」

エインズの青い瞳と白濁とした瞳を見つめるソフィアの目にいつもの眼光はない。

「リートは望んだんだよ。自分はどうなってもいいから力が欲しいと。妹を救いたいと。それだけの覚悟と変わるための一歩を、その恐怖に臆することなく選んだんだよ」

それに比べて、とエインズは少女を見下ろす。

「そこから動こうとせず、変わろうとせず……。そんな薄汚い鼠にフルコースのディナーを与えるほど僕は優しくない」

エインズはきっぱりと少女の縋ってきた手を払いのけた。

彼の言葉は少女には強すぎる。自分の境遇を顧みて、それでいて無意識に縋った救いをここまではっきりと拒絶された。

「わ、わたしだって……」

「何か言ったかい？」

涙を地面に落とす少女を見下ろしながらエインズは聞き返す。

「わたしだって！　できるんだったら！　変えられるんだったら！　……ここから——」

そこからは大粒の涙と嗚咽で続かなかった。

エインズは泣き崩れた少女から興味をなくし、先ほど少女が話した言葉に疑問を覚えた。

「そういえばソフィア、さっき、その子が言っていた『セイイブツ』って何なの？　僕、初めて聞いたんだけど、ソフィアは知っている様子だったよね」

先ほどまでの冷たさはなく、普段の声色に戻っているエインズに一瞬躊躇い(ためら)を見せるソフィア。

「え、ええ。『聖遺物』のことですか。はい、知っております」

「聖遺物？」

「はい。『聖遺物』はペンダントや剣、書物などの『物』に多く見られ、その物自体が魔力を生み出します。名高い英雄や王族、皇族の私物の中に『聖遺物』が発見されることが一般的で、少女のような無名の形見に現れることは珍しいのですが」

それ自体が魔力を生み出す。その言葉に思い当たるものがエインズには一つある。

「ソフィアたちが『原典』と呼んでいる僕のメモ書き集ももしかして？」

「はい、『原典』や『聖人の遺骨』は聖遺物の中でもかなり有名なものになります」

エインズの問いにソフィアは頷き返す。

「『聖人の遺骨』？　聖人って、どこかで聞いたことがあるような……」

首を傾げながら朧（おぼろ）な記憶を掘り返すエインズ。

「はい！　ここで呼ばれる聖人とはお二方しかいません！　我らがアインズ領のエバン様とシリカ様のおふた、か、……た――」

憧憬の念を抱きながら語っていたソフィアはそこまで口に出してから自分が今エインズの前で何を口走ってしまったのかに気づく。

「……エバンさんに、シリカ……？　アインズ領という呼び名に聞き覚えはなかったけど、あそこは間違いなくタス村だったし……」

エインズはそこまで考えを巡らせて、そしてエインズが認識している数年とは思えない程の変化を遂げていた外界、生活文化、それらの点が一本の線として繋がる。

「……」

「……」

嗚咽を漏らしながら泣いている少女の横で固まっているエインズとソフィアの二人。

ソフィアはやらかしてしまったと冷や汗をだらだらと流して青い顔で固まり、エインズは帰結した思考に驚き、固まる。

その硬直は程なくしてエインズの発する言葉で解ける。

「……ソフィア」

「は、はは、ははい」

「……シリカと、エバンさんは死んだのかい？」

うつむいた様子でソフィアに質問を投げかけるエインズ。

「……」

ソフィアはさらに青い顔をして固まる。

「二人が死んでから、どれだけの時間が経ったの？」

エインズのさらなる質問にもソフィアは沈黙してしまう。

ソフィアとしては、そこから誤魔化すこともはっきりと伝えてしまうことも、そのどちらもが恐ろしすぎて声が出ない。

「……ソフィア」

そこでソフィアも観念した。

「は、はい。…………エバン様と、シリカ様が逝去されて、……二千年程が、……経過しています」

ソフィアのそれは少女のむせび泣く声よりも僅かに大きいくらいの細々としたものだった。

「……二千年、か。そう、か」

ぽつぽつと呟くエインズ。

ソフィアはそれが恐ろしすぎてエインズから顔を背けながら盗み見るようにしてエインズの顔色を窺う。

それからエインズは沈黙し、そして幾ばくか時間が経ち、肩を震わせ始める。

「……ふふ、ふふふ、ふははははは」

「エ、エインズ様……？」

急に笑い始めたエインズに不気味さを覚えるソフィア。

「ふはは！　そうか！　変わった変わったと思っていたけど、ここまで大きく変わったのか！」

顔を上げるエインズ。その目からは涙が流れていた。

「まさか二千年とはね。……どこが分岐だろう？　どうして？　僕の感覚と実際の時間の流れとの乖離。……魔法？　いや、それはないね。……魔術、か？　魔術だ。いつ？　誰の？　……まさか僕の知り得ないところで魔術にまで至ったのかな？　どうして今回？」

「申し訳ございません！　エインズ様が悲しまれるだろうと思い、エインズ様が諸々に落ち着き、整理できたところで打ち明けようとガウス団長と決めていたのですが」

エインズの涙に焦りながら深く頭を下げ謝罪するソフィア。

「悲しい!?　僕が？　ソフィア、僕のこの顔が悲しんでいる顔に見えるのかい？　逆だよ、逆！　嬉しいのさ。ああ、世界が色鮮やかに見える！　見違える！」

「よ、喜んで、いらっしゃるのですか。そ、それは良かったです」

「ああ、ありがとうソフィア！　ガウス団長にもお礼を言わないと！」

エインズは左腕しかない手を大きく広げて空を仰ぐ。

「ああ、知りたい、その魔術。何としても手に入れたい……」

悦びの余韻に浸りながらそう呟くエインズ。

その横で、意外な反応をされ面食らうソフィア。

○

「……そうだ。わたしのお母さんは優秀な魔法士だったんだもん。わたしにだって使えるはずだもん。お母さんとの記憶を、その魔法の知識さえ入れればわたしにだってあいつらを……」

涙を汚れた服の袖で拭い、さらに目元を汚しながら顔を上げる少女。

その少女の言葉にぴくりと反応するエインズ。

「……ふう。もう少し余韻に浸っていたいところだけど、仕方ない。ねえ、きみ？」

すでに興味を失っていたエインズだったが、再度少女を見る。

「……え？　わたし？」

少女の方も、まさかエインズに声をかけられるとは思ってもみなかったようで、思わず聞き返してしまう。

「そう、きみ。名前は？」

「……シアラ」

「そうか、ではシアラ。僕がきみに、きみが求める知識を教えてあげてもいい」

「え？　本当に？」

これまで少女に対して興味を示さなかったエインズとは思えない発言にシアラは戸惑いを見せる。

「うん、嘘はつかないよ。エインズ＝シルベタスの名において約束しよう。ただ一つ条件があるん

だよね」

「……条件？　お金なら、ないよ」

彼女が求めるものを誰が無償で提供するだろうか。シアラはエインズが何かしらの見返りを自分に求めてきているのだと思った。

「お金は……、僕自身の力ではないけれど、困ってないんだよね」

ははは、と乾いた笑いを漏らすエインズ。

「それじゃ、なにがいるの？」

「いや、今のままじゃシアラに教えられない。だからきみには自分自身のことを見つめ直してもらわないといけないんだよね」

「わたしの、こと？」

シアラが見つめ直すエインズの瞳は、片方が碧く透き通っており、もう片方はその反対を行くように赤く光っていた。

「シアラ、きみは魔法を使えるようになったら、それでどうするの？」

シアラの目はエインズの瞳に吸い込まれていく。

「それはもちろん、お母さんの形見を取り戻しに行きます」

「なるほどね。でも、それだけじゃないでしょ？」

「……？　どういうことですか？」

「取り戻すだけで収まるの？　それだけでシアラは止まるのかい？」

エインズの赤い瞳の右目がシアラに向けられている。

シアラは黙し、想像する。

「……それだけでは、すまないかもしれません」

癒えた傷。

今はもう跡すら残っていない傷。それがあった箇所に目を落とし、下唇を噛みしめるシアラ。

「はっきり言ってみなよ。きみはどうする？」

「……わたしが受けた以上の苦しみを負わせる」

シアラのその声は幼い少女のそれではあったが、そこには幼い少女が持つべきではない感情がうっすら込められていた。

「いいや、もっと端的な言葉があるでしょ？　それをきみは成すはずだ。そしてシアラはそれに気づいているはずだ」

シアラは寒気を覚えた。

燃えるように赤いそのエインズの瞳に悪寒を。

「……あいつらを、ころす」

「そうだね。きみは彼らを殺すほどの知識、力を欲している」

十歳ほどの少女が、言葉の重さを認識しながら「殺す」と発した。

これにはさすがのソフィアもエインズとシアラの間に言葉を挟む。

「エインズ様、それはさすがにその子には……」

ソフィアに向けられるエインズの顔。

そこに普段の気さくさはなく、以前に見せたコルベッリと対峙したときのそれだった。

「ソフィア、僕の『問答』には邪魔しないで。二度は言わないからね」

「し、失礼しました」

ソフィアはぞっとして速やかに頭を下げる。

「続けよう、シアラ。きみは今きみがいる境遇から変わりたいと言っていたけど、具体的にはどうするの?」

ソフィアから視線を外し、シアラの揺れる瞳を見つめるエインズ。

「ここ、スラムから出て、自分の力で生きていく」

「スラムから出る?　スラムで生きてきたきみが力をつけた時、そこらにいる周りの連中はこぞってきみに縋ってくるよ?」

「それは……」

「彼らを救うのかい?」

「助けられるなら……」

すっとシアラの目がエインズから外れる。

「スラムにいる皆を?　理不尽に暴力を振るわれていたきみを助けることもせず、ただひたすらに自分に火の粉が降りかからないよう祈っていた彼らを?」

「……」

「シアラ。きみのお母さんは死んだそうだね。その時、彼らはどうした？　シアラの母親のために、きみのために何かを成そうとしたのかい？」

シアラは本能的に感じた。

エインズのその赤い瞳は、シアラの過去を、本心を全て見透かしているのだと。

そしてシアラはこれまでの過去を思い出す。

優れた腕前の魔法士として重宝された母親が、何かしらの貴族間の諍い（いさか）に巻き込まれ表舞台から追放されたこと。誰もそんな母親を助けようとしなかったこと。

流れるようにスラムに行き着いたシアラとシアラの母親。彼女らを待っていたのは、スラムの住民らによって持て囃し、持ち上げられ、彼らに降りかかる理不尽の払い手としての役割。

気高き魔法士のシアラの母親はその役割を全うし、彼らの力となった。無事を喜ぶ住人と、その横で傷つき血を滲ませた身体を引きずりながら笑みを浮かべて彼らを眺める母親。

シアラは他者に無償で手を差し伸べるそんな母親を誇らしく思っていた。と同時に言葉に出来ないもやっとした感情を抱いていた。

わたしのお母さんはすごい人なんだ、と。わたしもお母さんのようになりたい、と。そう思いながらも、夜中に砂の混じる水たまりで血を洗い流す母親の姿に涙を流したことも少なくない。

気丈に振舞う母親だったが、それがいつまでも続くわけがない。

ガタがくる。

そして完全に壊れてしまった。

その後、シアラの目の前で起きる母親への理不尽、そして助けてもらってばかりいたスラムの彼らは無関係だとでも言わんとした様子。自分たちをこれまで助けてくれた人物を人柱として差し出すように。

ほんの僅か思い出すだけでも、絶望と激しい怒りにシアラは支配される。

それからシアラにも訪れる諸々の理不尽。

そして醜いドブネズミのような有象無象が息をひそめて傍観を決め込む姿。

——反吐が出る。

「……シアラ、きみはドブで腐った屍をつつくだけのネズミであり続けるのかい？」

目の前の男は本当にわたしの心を見透かしている、そうシアラは内心で笑った。

「ちがう」

エインズが纏う異様な空気。浮世離れしたような雰囲気。まさに幽鬼。

そしてシアラの心を見透かし、そして幼いシアラに醜い感情、欲望を抱いている本心を気づかせる。

悪魔。……魔神。

○

「なら、シアラはどうするのだろう？」

そうエインズが問いを投げた時だった。

エインズらから離れたところ、シアラからペンダントを奪った男たちの仲間と思われる下劣さをそのまま形にしたような者たちが複数現れた。

「おい、あの上玉の姉ちゃん、まだいやがったぜ？　ガキを奴隷商に売り払おうと思って戻ってきてみたが、これは運がついてやがる！」

「へっへへ。そうだな。あそこの男をさっさとぶっ殺して早く楽しもうぜ！」

下卑た笑い声をあげながら男たちは目の前の女を誰が一番に楽しむか、その順番を争い始める。

それにはすぐにソフィアも気づく。しかし今彼女には相棒である剣がない。騎士を務めてきた中でこれほどまで帯剣しなかったことを恨んだことはソフィアにはなかっただろう。

「エインズ様、時間はかかると思いますが私が彼らの相手を――」

ソフィアが男たちを見据えたまま、エインズに声をかけた時だった。

エインズは男たちを、ソフィアを、視界に入れることもなく彼らに背を向けたまま、義足の左脚でコンと一度地面を叩く。

叩いた一点を起点として、一瞬にして辺りが凍てつく。

氷地獄（コキュートス）。

ソフィアとシアラを残し、それ以外を全て氷の世界に閉じ込める。

「……っ」

ソフィアは何も言えず瞠目して、男たちが分厚い氷に閉じ込められ一瞬にしてその命を絶やした様子を眺めることしか出来なかった。

急激な寒さがソフィアを襲う。

思わず身体が震える。それは寒さによるものか、それとも。

「……シアラ」

その極寒の中でエインズは銀色の髪をなびかせ、尚もシアラから意識を外さない。

「スラムを、この場所を、そしてこの場所でわたしとわたしのお母さんの生き血を啜(すす)れるだけ啜って見捨てた住民を――」

「……」

エインズは言葉を挟まず、紡がれるのを待つ。

「――、ころす」

先ほどまで揺れていたシアラの瞳は、真っすぐエインズを見据えていた。

「いいだろう。最後だ、シアラ」

これからエインズはシアラに最後の問いを投げるのだろう。

そして恐らくこれから投げられる問いがなんなのか、シアラには何となく理解出来ていた。

「きみはお母さんを誇らしく思っていたのかい？」

きた。

シアラは一度目を閉じる。答えは決まっている。

「思ってない。……そんなのは、どうでもよかった」

「シアラはお母さんにどうしてほしかったの？」

シアラは氷地獄の中、側溝から顔を覗かせていたネズミが凍り付き死んでいる姿を見つけた。

「寄ってくるドブネズミを無視して、わたしだけを見ていてほしかった」

「……」

エインズは口を閉じたまま静かにシアラを見つめる。

シアラは思う。

彼は分かっているのだ。シアラは続けて言葉を紡ぐことを。

「それでも寄ってくるやつは、徹底的に払い除けてわたしだけを救ってほしかった。わたしのためにもお母さんのためにもならないやつらはころして」

それは決別。

静かにシアラの言葉を聞き届けたエインズは、一拍置いて口を開く。

「これで『問答』は終了する。——限定解除『奇跡の右腕』」

シアラは目を見開く。

エインズの空の右腕から半透明の青い手が現れる。

右肩部に留めてあった白手袋を取り、得体の知れないその右手に嵌める。

「魔術師エインズ＝シルベタスが誓約のもと、シアラが真に求める力、その魔術を伝授しよう」

エインズは手袋が嵌められた右手をシアラの頭の上に置く。

シアラはその不気味な右手に奇妙な居心地の良さを感じる。

そして、シアラの頭の中に走馬灯のようにある一つの魔術、その発現と扱い方が流れてくる。それは生まれ持った手足のように、自然に感じた。

「そうか、これがわたしの力」

直後、シアラの世界が時を止めたように固まる。

空間を切り裂き、別世界の異物が現れシアラの脳に直接語りかけた。

突然の出来事にシアラは驚いてエインズを見たが、エインズもその奥にいるソフィアも瞬き一つせず固まっている。

これはシアラただ一人に向けて起きている現象。

その摩訶不思議な光景にシアラはただただ戸惑う。

だがその言葉をシアラは本能的に受け入れる。一切を聞き逃すことなく、身体の内に刻み付けるように。

シアラはその異物の言葉の全てを聞き入れた。

シアラが聞き入れた直後、異物は裂かれた切り口に戻っていき、空間は元通りになる。そして世界は再び動き始める。

「制約を受けたかい？　それが、シアラが力を得たことへの条件だよ」

気のせいだろうか、若干憂いを見せる瞳をしたエインズの言葉にシアラは、あの不気味な、異界に飛んでしまったような光景をエインズも知っているものだったのかと気づく。

「限定解除『黒炎の意志（ボリション）』」

シアラの小さな胸元に小さな黒点が現れる。

それは揺らめきながら大きくなり、そのままシアラの右手に伸びる。

赤黒く燃えるその炎は、シアラの右手から離れ氷地獄に落ちる。

それはエインズそしてソフィアを残し、氷の世界を飲み込み燃やし尽くす。

氷に封じられた男も赤黒い炎に包まれ、灰も残さず消える。顔を覗かせていたネズミも消え、そして朽ち果てそうな寝床の数々を燃やし尽くす。合わせてその中で息を潜めていたドブネズミのような住民も断末魔さえ残さず燃やし尽くす。

それからわずかな時間が経った。

荒れた石畳も姿を消し、彼らの目の前に広がるのは焦土。

スラム街、そしてそこに住まう住民からの決別。

シアラはそれらを成した。

「ソフィア、これから君が言っていた悪漢どものところに乗り込もうか」

ソフィアは少女が魔術に開花する瞬間、その始終を目の前にし、そしてその圧倒的な力に瞠目していた。

そこにエインズの呼び声。それは普段の気さくさを内蔵する声色に戻っていた。

「は、はい。しかし彼らがどこにいるのか分かりませんが……」

拠点を知っている仲間たちはもうこの世界には灰一つとして残っていない。

「シアラなら、分かるよね？」

エインズがその青い瞳と白濁とした瞳のふたつの目でシアラを優しく見る。

「はい。お母さんのペンダントが教えてくれている気がします」

シアラは力強く頷く。

「最期までついていくよ、シアラ」

全てを燃やし尽くす黒い炎を操る、黒炎の魔術師シアラとエインズ、ソフィアの三人は何もかもなくなってしまった焦土の上を歩き始め、少女の求める処へ向かう。

第二話　黒炎の魔術師

巨大な体躯に、ぎらついた瞳。丸太のように太い腕、人の頭を掴んで潰せるのではないかと思えるほど大きい手で握るは、彼の体躯に見合う巨大な大剣。

それを胸の前で盾のように広げ、彼とは正反対に細い体つきの男の鋭い蹴りを凌ごうと試みる。

激しい剣戟に、嵐のように劇的に変化していく戦況。

右腕はなく、左脚に簡易な義足を履いている細い男の名前はエインズ。

斯々然々（かくかくしかじか）な理由からエインズと打ち合いを行い、今こうして彼の蹴りを防いでいる岩のような体つきの男の名前はタリッジ。

試合が始まった当初、簡単にケリが付くと予想していたタリッジだったが、彼の予想通りに事は運ばれなかった。

「……くっ」

今こうして防いでいるのだってやっとのことである。

両者の間には身体的ハンデが数多くある。圧倒的にタリッジが優位。

しかし状況は、その優位性がなければかえって負けてしまうのではないかと冷や汗をかくほどの実力がエインズにはあった。

刃は潰してあるものの、その刀身と簡易な義足ではどちらの耐久力が上かなど火を見るよりも明らか、だとタリッジは思った。

だが、次の瞬間には大きな手で握る柄を残し、そこから伸びる刀身は粉々に粉砕されていた。

タリッジの手に痺れはなかった。つまり、重く鈍い衝撃が加えられたわけではないことを意味する。

局所的で瞬発的な衝撃は、その波がタリッジの手に伝わるよりも早く刀身を粉砕したのだ。

呆然とするタリッジ。

それを冷めた目で見つめ、追撃の体勢を取らないエインズ。

審判役を買って出たハーラルでさえ、その試合の予想外な幕切れに呆気に取られてしまっていた。

そこから先のことをタリッジはあまり覚えていない。

正気を取り戻したハーラルの一声により試合が終結し、ハーラルが会場を離れた後、ダリアスから苛立った様子で声をかけられ、ソビ家屋敷に戻った。

帰路ではダリアスからタリッジへの言葉はなく、ぶつぶつと彼は一人呟いていた。

そのダリアスの横でタリッジはエインズとの打ち合いをずっと振り返っていた。

剣技としてはガイリーン帝国でも上級剣士と呼ばれるほどの腕はあったように思える。加えて、剣王以上の剣士が使えるとされる『神力（しんりき）』をタリッジが使えばエインズもタリッジと対等に渡り合うほどの『神力』を使用した。

なんならエインズの方がタリッジよりも洗練された『神力』を使っていたと思えるほどであった。

「……ここで神力を使うやつなんて初めて見た」

『神力』とは、体内から湧き上がる力を身体に巡らせ身体能力以上の強大な力を発揮することだ。

しかしこれが身体にかける負担は軽くない。

適した動きに加え、身体の動きを理解していなければ『神力』によって膨れ上がった力が暴走してしまい自身の身体を破壊してしまうのだ。

だからこそ『神力』を使用できるのは剣技を十分に修めた剣王以上と言われているのだ。

「……流派は不明だがかなりの剣技、神力は俺よりも優れている。……なのに、どうしてだ？」

エインズの目に熱意がなかった。冷めきっていた。興味もなく、剣に対して思い入れも感情も何もない。まさに道具を扱うように振るっていた。使えなくなれば、あっさりと投擲し手放す。剣士のそれではない。

タリッジの感じた歪（いびつ）さはまだある。

ある程度にまでその技量を昇華させた剣士なら誰もが持っている直感、第六感と言っても良いほどに重要となる素質。それがエインズにはなかった。

「まさか、……剣士じゃ、ないのか？」

傍から見ていたただの観客には分からない、二人の試合の歪さ。

考えれば考えるほど、その深みにはまってしまう。

さらに思考を深めようとしたところで、屋敷に到着した。

「……タリッジ、お前は部屋に戻っていろ。僕は父上に今日の報告をしなければならない」

「……分かった」

ぶっきらぼうに答えるタリッジに、ダリアスは眉間に皺を寄せながら不満を露わにする。

「いいか。今日の試合は間違いなく父上の耳に届いているはずだ！　それがどういうことか分かるか！　僕が、詰められるのだ！　お前のせいで、だ。腕に覚えがある剣士だというから雇っているのに、どうするんだ！　いいか？　僕の父上への報告が終わるまでに、落ちた評価の挽回方法でも考えていろ！」

タリッジよりも小さな身体のダリアスがそれに物怖じせず、タリッジの顔に指を突き付けて声を荒げる。

言い放った後、ダリアスは彼の父親であるゾイン＝ソビの書斎へ向かっていった。

一人になったタリッジはこの後の取るべき行動を考える。

なんとかしてダリアスに貢献しなければ、ソビ家から追い出されてしまう。

それではまずい。まだタリッジはサンティア王国で目的を果たしていない。

「……たしかあいつらがスラムの方で何か見つけたって言ってたな。なんだ、『セイイブツ』だっけか？」

タリッジは以前に小耳にはさんだ話を思い出していた。

魔法文化であるサンティア王国では『セイイブツ』が高値で取引されるという話だ。

「……それを手に入れれば、今回のことはなんとかなるか」

タリッジは、ここに来てから出来た決して良いとは言えない仲間と落ち合うことをきめてダリアスが戻ってくるのを待った。

「……きっとあの坊ちゃん、顔真っ赤にして戻ってくるだろうな」

別に怖くはないが。

それよりも今はエインズとの打ち合いを振り返りたい。タリッジは静かに目を閉じる。

(次は俺の本来の相棒で、あいつと打ち合いたい！　あいつと打ち合えば、俺の求める何かに近づけるはずだ……)

彼の直感がそう告げていた。

○

それから二時間ほどが経過した頃だろうか。

部屋に戻ってきたダリアスは、タリッジの想像通り顔を真っ赤にして帰ってきた。

「おい、タリッジ！　評価を挽回する方法は考え付いたのか！　僕がお前の代わりに父上から怒られたんだぞ！　生半可なものじゃ、済まないんだからな！」

部屋に入るなりタリッジを怒鳴り上げるダリアス。

しかしそれを目の前にタリッジはびくともしない。

「一応だが。俺の仲間が『セイイブツ』を見つけたそうだ。詳しく知らんが、ダリアス様らにとっては貴重なものなんだろ？」

仲間から報告をもらっていた『セイイブツ』とは何かいまいち理解していないタリッジであったが、それを聞いたダリアスは目を吊り上げた表情から喜色に変わる。

「なに⁉　聖遺物だと？　そんな重要な情報を持っていたのか。確かに聖遺物はここサンティア王国ではかなり貴重なものだ！」

「……それで、その『セイイブツ』を取ってくれれば俺はまだダリアス様んところにいられるのか？」

縋るような目ではなく、タリッジは仕方なくといった具合に話す。

「ふん！　まあ、その聖遺物が本物なら父上への体裁も守られるだろう。それで？　いつ手に入れるのだ」

「今から仲間と合流するつもりだ。本格的に動くのは明日になるだろうから、明日には手に入れてみせる」

ふむふむ、と目を閉じ頷きながら聞き入るダリアス。

きっと彼の中で何か打算しているのだろう。

「まあ、今日のこともあったからな。期待せずに待っていることにしよう」

と、ダリアスは皮肉めいてタリッジに話すが、聖遺物を手に入れた後のことを想像し既に口元は緩んでいた。

そんなダリアスを見ながらタリッジは、分かりやすい坊ちゃんだと思いながら形だけでも「助かる」と感謝の言葉を述べる。

ダリアスが自室に戻り、タリッジが再度一人になったところで屋敷から出る。

既に外は陽が沈んでおり、辺りは暗く静まり返っていた。

居住区ということもあり、昼間の一般街区のような喧噪はもちろんなければ、人が歩いている様子もない。

夜空には月が浮かび上がっており、石畳の道は月明かりよりも明るい街灯が光を落としている。

居住区を抜け、一般街区に入れば喧噪が聞こえ始める。昼間のそれとは異なり、アルコールを摂取した者たちが気を大きくして騒ぐ様子。

今すぐその中に混ざり酒を飲みたいと思ったが、ここはぐっと堪え一般街区を抜ける。

商業区に辿り着く。

一般街区程ではないが、それなりの賑わいが残る商業区の南。王国ではスラムと呼ばれている地域に近い一角にタリッジの仲間たちの建物がある。

木製のドアを開きタリッジはその中に入った。

「兄貴！　お疲れ様です！」

入ってきたタリッジの姿を見た者たちが各々挨拶をし始める。

それに「おう」と短く返すタリッジは部屋の奥の方まで歩いていき、この部屋にある椅子の中で一際立派なものに腰を下ろす。

タリッジ専用の椅子である。

「それで兄貴。今日はどうしてこちらまで？」

仲間の一人が、氷を数個入れ冷やした赤ワインで中を満たしたジョッキをタリッジの目の前まで運びながら聞く。

「いや、今日の昼に少しマズってな。ソビ家の坊ちゃんの機嫌を直さなきゃならん」

「……兄貴、いつもながら大変そうですね」

「まあ、それもあって俺らはその恩恵を受けられている」

タリッジは何不自由なく自分の求めるものを探し、贅沢の限りを尽くし一息つくこともできる。

タリッジの目の前に立つ男たちもそんなタリッジに付いていくことでその恩恵にあずかっている。

彼らも彼らで王国内での自由と贅沢を手に入れ、生活に困っていない。

「……何かご入用なんですかい？」

「ああ。この前報告に聞いた『セイイブツ』というのが、坊ちゃんの機嫌を直す特効薬のようでな」

「王国に住まう貴族がこぞって欲しがる代物ですしね」

「……そうらしいな。それで、どうだ？」

タリッジの問いはざっくりしたものだが、付き合いのある仲間はこの問いの意味するところをくみ取る。

「へい。ちょうど明日にでも手に入れようと思っていたところでした」

「そうか、それはちょうどよかった。手に入れた後、お前らで先に金貨に換えられてしまっていたら大変だった」

タリッジは表情を変えず軽口を叩く。

それに笑って答える男。

「あの坊ちゃんなら大金を目の前にされても何も喜びませんでしょうね。金持ちというのは本当に分かりません」

「ああ。むしろ『セイイブツ』を売った金がこれですなんて言おうものなら、それこそ俺たちは路頭に迷うことになるだろうよ」

そこでタリッジはジョッキを傾ける。

キンキンに冷えたワインが喉を通る。男ばかりが屯しているこの部屋はむわっとした暑苦しさがあり、そこにこの冷えたワインは沁みる。

「兄貴はここで待っていてください。俺たちで取ってきますので。……だから、褒美は頼みますよ？」

「もちろんだ。そこは持ちつ持たれつだ。頼んだぞ」

「へい。とりあえず今日は飲みますか。他のやつらも兄貴がここに来て盛り上がってますんで」

「そうだな！」

そこからはワインの大きな樽を五つ空けるほどに飲み明かした。

女性のいない、いまいち華やかさに欠ける場ではあるが、アルコールが回ればそんなものは関係ない。くだらないことで盛り上がり、仲間どうしで殴り合い、それを傍から煽りさらに盛り上がる。

すっきりとしない一日を過ごしたタリッジには安酒であろうが、バカ騒ぎしながら呷（あお）るように飲む酒はそんな陰気なものを吹き飛ばす。

タリッジが酔い潰れ、気を失うように眠りについたのは陽が昇り始めるころになってからだった。

○

「……くそっ。いてぇ」

激しい頭痛で目が覚めたタリッジは、二日酔いに効くと言われている粉薬を水で流し込み、普段は飲まないコーヒーを飲む。

徐々に気持ち悪さや気だるさもすっきりしていき、部屋の中を見回す。

仲間の数人がおらず、昨夜よりも広く感じる部屋の真ん中の方で仲間たちが集まり、何かを掲げ見ながら酒を飲んでいた。

（こいつら、俺よりも酒がつええな……）

身体の大きさでいけばタリッジの方が数倍も大きいが、昨夜あれだけ飲んだというのに今もジョッキを傾けている仲間に苦笑しながら、タリッジはそちらの方へ近寄る。

「……ああ兄貴、おはようございます」

「ああ。なんか盛り上がっているみたいだが？」

そう先ほどまで掲げていたペンダントを覗き込むタリッジ。

「ええ、これが言っていた『聖遺物』です。先ほどスラムの方から拾ってきまして」

手渡されたペンダントをじっくりと見るタリッジ。

「なるほど、これが『聖遺物』か。それで、これはなんで貴重なんだ？」

「へい。『聖遺物』とは無尽蔵に魔力を生み出す代物なんです」

「……それでもいつかは枯れるんだろう？」

「いえ、魔獣の体内から取れる魔石のようなものとは違いまして。言葉通り無尽蔵に生み出すんです」

そう説明を聞き、魔法文化のサンティア王国ではさぞかし貴重な代物だな、とタリッジは納得がいった。

「そうか。これをソビ家の坊ちゃんに渡せば無事収まるってことだな、よくやった。……しかし数人見えないみたいだが、どうした？」

男は笑いながら「褒美を期待してますよ兄貴」と言いながら頭を下げた。

「ああ。あいつらなら女を攫いに行くとかなんとか言って出ていきましたぜ。別嬪(べっぴん)が一人と、奴隷商に卸せそうな女のガキが一人。……まあ、小遣い稼ぎみたいなもんで」

苦笑しながら頭をかく男に、タリッジは「坊ちゃんの庇護があるとはいえ、程々にしておけよ」と軽く注意する。

それからタリッジはペンダントを掲げ、真ん中に付いている紫色の小さな宝石を光に当てながら眺める。

魔法や魔力といったものに疎いタリッジには、本当にこの安っぽいアクセサリーにそれほどの価値があるのかと思ったが確かにペンダントを持つ右手に不思議な感覚があった。

剣士としての直感がタリッジに訴える。

このペンダントから感じる違和感、どろっとした気持ち悪さを。

「なんであれ助かった。これを入れる箱を適当に見繕っておいてくれ」

そう言ってタリッジはペンダントを仲間たちが囲むテーブルに置き、自分の椅子に戻りもうひと眠りしようかと考えた。

「それにしてもあいつら遅いな。……さてはあいつら、勝手に楽しんでいるんじゃないか？」

「くそったれが。抜け駆けはやめろって言ったのにな。戻ってきたらあいつらは当分の間酒禁止だな」

そうやって酒を浴びる男たちの背後で入り口のドアが乱暴に開かれる。

「ったく、おせーぞ。お前ら、当分酒は禁止だからな！　勝手に楽しんだ罰だ」

そうタリッジを含めた男たち皆が向けたドアの方には見慣れた仲間の姿はなく、異様な出で立ちの男とこんなむさ苦しい場所には不釣り合いな美女と少女が立っていた。

「そうかい？　まあ僕は別にお酒がなくてもコーヒーさえあればいいから構わないよ？」

「エインズ様、彼らの飲むコーヒーなどコーヒーの色をした泥水に違いありません。私の淹れるコーヒーをお飲みください」

「……」

呑気なことを言う男――エインズの横に立つソフィアも彼に合わせて軽口を叩くが、敵意むき出しである。

エインズのもう一方横にはシアラが黙って男たちを睨んでいた。

「お、お前ら！　さっきのスラムのガキに突っかかってきた女と男か！　どうしてここに！　あいつらが向かったはずだぞ⁉」

すぐに異変を感じた男たちはジョッキを放り捨て、自分の得物を手に取る。

「ああ、彼らならもういないよ。僕の横にいるシアラが――」

「……あいつらなら、わたしが灰も残さず燃やし尽くした！」

エインズはシアラの頭にポンと左手を置き、

「ってことで、よかったじゃないか。君たちの酒代も幾分か安くつくんじゃないのかい？」

と皮肉りながらにっこりと笑う。

部屋の後方で勢いよく立ち上がるタリッジ。

「お前、エインズ！」

「君は……、昨日の。悪いけど、今日は君の相手をするためにここに来たわけじゃないからね。今
僕は、魔術師エインズ＝シルベタスとしてここにいる」

「……魔術師。やはり剣士じゃなかったのか。だがそんなのは関係ねぇ！」

タリッジは椅子の横に立てかけていた大剣を手に取る。

「俺の相棒クレイモアがあるんだ！　昨日のようにはいかねえぞエインズ!!」

「……はあぁ。本当に君は鬱陶しいね」

剣を向けるタリッジと、それを溜息をつきながら眺めるエインズ。

その横でシアラが声を上げる。

「あっ！　あれはお母さんのペンダント！」

「うん？　あれがシアラが言っていたペンダントかい？　……なるほど、あれが聖遺物ね」

エインズはシアラの指さす先にあるペンダントを観察する。そしてエインズは聖遺物が何たるかをある程度理解した。

「いいだろう、シアラはあれに専念しな」

「絶対に取り戻す!!」

意気込むシアラ。

「はっ！　お前みたいなクズに何が出来るってんだ！　五体満足で奴隷商に卸そうかと思っていたが、まあいい。四肢がなくても生きてりゃ豚の餌にでもなるだろうよ！」

男たちはシアラを標的に設定し、その得物を向ける。

それを気にも留めずシアラは紡ぐ。自分の魔術を。自分の欲望を。母親の形見を取り戻すための力、男どもを殺すための力、黒く醜くともシアラが本心から抱く意志の形。

持たざる者が、理不尽に遭うだけの者が、その弱肉強食の摂理に抗い、干渉するための力の構築。

「限定解除『黒炎の意志（ボリション）』！」

○

シアラの胸元に赤黒い炎が生まれる。それは徐々に大きくなり、右腕そして右手の先まで纏っていく。

「敵ながら助言するとね。……覚悟しなよ、君らが今相対しているのはさっきまでの名も知らぬ搾取されるだけの少女じゃない。黒炎の魔術師シアラという一人の魔術師の少女だ」

シアラの右手から放たれる黒炎は彼女の思いのままに迸る。建物を飲み込み、燃やし尽くす。

タリッジを含め男たちは全員炎を避けながら、やり過ごす。

黒炎が収まるころには建物は跡形もなく消え去り、商業区の広い通りに彼らは立っていた。

「……仕方がないから僕が君の相手をしてあげるよ」

エインズはタリッジに顔を向けてそう呼びかけ、シアラから離れる。

タリッジも静かにエインズに付いていく。

エインズとシアラの二手に分かれる中、ソフィアはどちらに同行しようか決めあぐねていた。

本来であればエインズの元へ向かう判断に躊躇しないのだが、先ほどのエインズとシアラの『問答』を見てシアラの心の動きに不安を抱いたのだ。

魔術という大きな力を得たシアラ、その発現する魔術の禍々しさにソフィアはエインズの奇跡の右腕とは違う不気味さを抱いていたのだ。

加えて、およそ幼い少女が抱くに適さない強烈な殺意という感情。シアラに降りかかる害、その大小問わない全てを排除しようとする強い意志、憎悪はシアラを自暴自棄にさせているのではないかとソフィアは感じたのだ。

(せっかくエインズ様が救ってくださったのです。こんなところで死んでほしくはありませんが……)

そんなソフィアにエインズは歩きながら声をかける。

「ソフィア。シアラを死なせたくないなら彼女のもとにいたらいい。そして難しいとは思うけど、

母親のペンダントがシアラの手に渡らないように立ち回らないといけないよ」

「えっ？」

ソフィアは思わず驚きの声を上げるが、その後をエインズが続けることはなかった。

（シアラがここに来たのはペンダントを取り返すため。それはエインズ様も知っていたはずです。ですが、今のエインズ様の発言はそれに反するもの。どういうことなのでしょうか）

エインズの言葉にさっぱり理解することが出来ないソフィアだが、エインズが意味もないことを言うとは思えない。そこにはきっと何か理由があるはずだとソフィアは納得する。

ソフィアはエインズに背を向けて、シアラの元へ向かった。

「シアラ、相手の数が多いので無理はしてはいけません。私も先ほど建物の中で拾った剣があります。分担しましょう」

ソフィアはシアラのその小さな背中に声をかける。

「……いらない。あいつらは全部わたしがやる」

対するシアラはソフィアの協力を拒絶する。

シアラがじっと見つめるその先には凶悪そうな面構えに武器を手にした男が十人以上いる。その中にはもちろん、形見のペンダントを手にしている男もいる。

男たちは先ほどシアラが発現させた黒炎魔術に警戒しながら囲むように散開し始める。

そんな連携を見せ始める敵に警戒するソフィア。まだ完全にシアラの魔術を理解していないソフィアにとって、敵に包囲されることがどれだけの脅威となるか危惧の念を抱かざるを得ない。

男たちは口を開くことなく、目配せだけでコミュニケーションを図る。

シアラの左方から一人の男が飛び出す。

手入れの行き届いていないその剣は刃が死んでおり、もはや棍棒として打撃する武器と成り代わってしまっていた。

それでも強度のある剣を大の大人が振りかぶって打てば、少女の骨など簡単に砕くことも可能。急所に入れば死に至るほどの殺傷力すら有する。

男たちも伊達に王都で悪党として生き残っていない。本来、成人にも満たない少女を嬲(なぶ)るとなると無意識に引け目を感じたり加減を加えてしまうものだ。しかし男たちにそんな甘い考えはない。甘い考えを持っている人間から真っ先に死んでいく、それが悪党の世界である。

剣を振りかぶる男の目は、シアラを一人の敵として捉え純粋な殺意が込められている。

男の武器がシアラに届く間合いまで近づいた時、シアラの胸元で灯っている黒い炎が不気味に揺らめき、男とシアラの間に壁を作るように薄く広がる。

「剣に火が纏わりつこうが、そのど頭(たま)かち割って綺麗にあの世へ送ってやるぜ！」

男はシアラの黒炎が炎系統の魔法だと推測する。建物を燃やし尽くした強力なものでも、剣が燃え尽きるまでには幾ばくかの時間がかかる。その間にその柔らかい脳髄を叩き潰せばそれで終わる。

男はそのまま剣を力任せに振り下ろす。

「……へ？」

男の手に何の感触もなかった。手応えもなく、ただ空を切ったような気持ち悪さだけが残る。

薄く伸びた黒炎の壁が消える。

男の持っていた剣はその刀身が消え失せていた。黒炎の壁に触れた瞬間に燃やし尽くしたのだ。

「な、なんだよ、それ……。その炎は！」

すぐに男はシアラから距離を取るように飛び下がる。

「絶対ににがすもんか！」

シアラの魔術『黒炎の意志』の根源はシアラに降りかかる害悪の排除。それが『炎』のような姿を成して発現しているだけである。炎ではないのだ。

男が振りかぶった出来損ないの剣はまさにシアラに振りかぶった害悪そのもの。シアラの魔術がそれを排除しないわけがない。一瞬で消し飛ばす。灰も残さず。

壁を成していた黒炎が今度は、飛び退いた男の右腕目掛けて触手のように伸びていき、巻き付く。

「くっそ、なんだこれ！　離れねえ！」

巻き付いた触手はそのまま男の右腕を包みこみ、燃やし始める。

シアラに振りかぶられた剣の刀身は害悪そのもの。であるならば、その害悪を振りかぶった男の右腕もシアラにとっては害悪と認識される。

害悪を排除することがシアラの魔術の根源、意志である。

男が必死に左手で炎を振り払おうとするが、消えることはない。質の悪い脂が焦げる臭いを撒き散らしながら、その肉と骨を燃やす。

男を襲うのは右腕を燃やす激痛だけでは済まない。

シアラに向けていた殺意を込めた眼差し。その目をシアラは害悪として認識したのだ。

「楽にころさない！　わたしはもうゆずらない！」

男の両の目から文字通り黒炎が噴き出す。

シアラに殺意を向けていたその眼球を燃やす。

右腕はいまだ人肉が焼ける異臭を発しながら黒く燃え続けており、両目は内側から外に炎を噴き出すようにして燃える。

絶叫。

言葉にならない絶叫が、シアラを囲みながら異様な光景を前に一歩も動けない仲間の耳に届く。

最後にシアラは、右腕と目に黒炎を纏う男の存在そのものを害悪と認識する。

黒い炎が男の全身を覆い、少しして絶叫が鳴りやむ。

黒い炎が晴れると、そこには何も残っていなかった。

「お前ら全員、燃やす！」

脂汗を浮かばせながらその場から動けない男たちを一人一人敵として認識しながらシアラは見渡す。

その眼光は幼い少女の持つそれではない。

シアラの胸元で灯る黒炎が荒ぶる。

◯

シアラたちから離れたところでエインズとタリッジは向かい合っていた。

切っ先をエインズに向けながらタリッジが口を開く。

「このクレイモアなら前みてえに砕かれたりしねえ！」

対するエインズは剣も持っておらず、何の構えもない。

「昨日の君との打ち合いもまったくの無駄ではなかったよ。とはいえ、少し興味をそそられただけだけどね」

今、この場において二人の間に何のルールもない。

引き分けの条件もなければ勝敗が決する条件もない。行き着くところまで行き、一方が地に伏せれば終わる。

タリッジの直感が、彼に語り掛ける。

結果がどうであれ全力でエインズにぶつかれ、と。

「別に君と戦いたいわけでもないんだけどさ、まあでもシアラの邪魔になるんだったら僕が相手しないとね。どうやら僕に何か因縁を持っているみたいだし」

タリッジは強烈な殺気をエインズにぶつけているが、当の本人はまったく気にもしていない。

「……舐めるなよ。お前のその歪さ、それを丸裸にしてやる！」

そうすれば俺は求めるその先に至れる、と続く言葉をタリッジは飲み込む。

「悪いけど、それまで君が立っていられるか分からないよ？　僕もご丁寧に君に合わせて剣だけに制限するつもりもないから。ソフィアはこの魔法にあっさりやられたけど、君はどうかな？」

強い殺気を飛ばすタリッジを前にエインズは紡ぐ。

「略式詠唱『時計停止(クロッククロック)』」

エインズの詠唱とともにタリッジの動きが時間を止めたように一切止まる。

敵意むき出しで初対面したソフィアに対しても使用した魔法。これを前にソフィアの場合はなす術もなく剣をその手から奪われてしまった。

エインズは止まったタリッジを前にゆっくりと歩み寄る。

「この魔法はね、標的の時間知覚を意図的に操作する魔法なんだよ。時計停止なんて仰々しい名前をつけているけど、この世にまだ時間を操作する魔法もないからね」

エインズはシアラたちの方へ目を向ける。当然エインズは時間を止めたわけではないため、彼らは動きを続けている。

「さて、僕が間合いに辿り着くまでに君は思考の波から抜け出せるかな？」

動きを止めているタリッジだが、その目は微かに揺れている。

エインズの魔法によって意図的に彼の奇妙な出で立ちや些細な違和感から目が離せなくなっている。その正体を確かめんと思考の波に無為に溺れ続ける。

数瞬の思考が時間知覚の操作によって永遠と引き延ばされる。それは思考の波に溺れたソフィアにとってまるで時間を止められたように感じられたのだ。

今まさにタリッジが陥っている状況もソフィアと同じ。

引き延ばされた思考と現実での時間の進み、その隔たりがタリッジの時間を止めているのだ。

一歩一歩と歩み寄り、エインズは指輪型のアイテムボックスを展開した。

中から古びた錆びだらけの剣を取り出す。

「動きを止めている相手には、この程度の得物で十分だよね？」

ガラクタのような剣でやられるのは剣士にとって恥である。だがそんなことエインズの知るところではない。

ガラクタがタリッジに届く間合いまで詰め寄ったエインズは「君もその程度か……」と首に狙いを定める。

「……ソが。……クソがっ」

タリッジは固く閉ざしていた口を無理やりこじ開ける。

「……へえ」

エインズは驚き、首に向けていた剣を止めた。

「なんて厄介な魔法を使いやがる！」

タリッジは思考の波を泳ぎ抜き、引き延ばされていた時間知覚を現実の動きと適合させる。

エインズのこの魔法は特に洞察力を要とする剣士にとってかなりいやらしい魔法であるが、それをタリッジは自身の精神力をもって突破した。これだけでソフィアよりも格上の剣士であることは明確である。

「見た目通り、タフな精神を持っているみたいだね」

呑気に話すエインズのガラクタ剣をタリッジはすぐさま大剣ではじき返した。

「おらぁあっ」

大剣にはじかれたガラクタ剣とタリッジが持つ大剣、その剣としての出来は雲泥の差。軽くはじいただけで剣は砕かれ、エインズは後ろへ飛び退いた。

二人の距離はまた互いの間合いから離れたものに戻る。

しばらくエインズの様子を見ていたタリッジだったが、エインズはもう『時計停止』を使用するつもりはないようで、静かにその場で立っていた。

それならば次はこちらから行かせてもらうとばかりに、タリッジは短く一息吐き、『神力』で身体強化する。

ドンッと石畳を割るほどの勢いでタリッジはエインズの懐へ飛び込み、その距離を縮める。

タリッジは初手から全力。

が、対するエインズの手にはいまだに剣はなく、軽く義足で石畳を一度叩くのみ。

「っ！」

駆けるタリッジの右方の地面が急激に盛り上がり、彼を貫くように柱が伸びる。

これは避けられないと判断したタリッジは大剣、クレイモアで石柱を斬る。神力をその剣先まで纏わせ、強度と切断力を向上させる。

バターを切るようにスパッと両断する。

エインズは欠伸をしながら義足で規則的に地面を叩く。

その直後に四方から石柱がタリッジを襲う。

「……魔法士の分際で、クソが！」

神力を纏ったタリッジはその全てに対応し、エインズの攻撃の一瞬の隙を見て詰め寄る。

神力を纏わせた刀身は鋭い斬撃となる。空を裂きながらエインズの胴目掛けて奔る。

エインズは魔力操作で身体強化し、常人では目で追えない速さの斬撃を躱し、指を鳴らす。

宙に火槍が五本出現。その出来は入学試験で見せたライカのものとは比べ物にならない程に洗練されたもの。

と同時に氷槍も五本発現させるマルチタスク。

氷槍を無詠唱で発現させながら、「指を鳴らす」といった極限にまで簡略化された——魔法化された術式で火槍を発現させる。魔力を二つの別個の形で出力させる並外れた技術。サンティア王国にいる魔法士その誰もが成しえない離れ業。

計十本の槍がタリッジにその刃先を向けて、上方から、死角から降り注ぐ。

俊敏な動きでいくつかの槍をやり過ごしながら、クレイモアで叩き落す。まるでレイピアを振っているような速さで大剣を振り回す。

躱したはずの槍が軌道修正して再度タリッジを襲う。撃ち漏らしたいくつかがタリッジの体躯に切り傷をつける。

痛みに顔を歪ませるタリッジを尻目にエインズは指に嵌める指輪に魔力を注ぎ、アイテムボックスを展開。中から粗末な片手剣を取り出し、刀身に魔力を纏わせる。

「魔法士のてめえがッ！　なんで『神力』を使ってやがるッ！」

エインズの身体強化された身のこなし、粗末な刀身に纏わせる魔力、それらがタリッジには神力を使用しているように見えている。

（……神力？　これはただの魔力だけど、彼は何を言っているんだろう？）

エインズからすれば、剣士であるタリッジが粗削りだが魔力操作で身体強化しているように見えている。

（まさか彼の言っている『神力』っていうのは――――）

であれば、タリッジは魔力を『神力』という別称で認識していることになる。

エインズは、その細い身体からは考えられない重い一撃をタリッジにぶつける。

タリッジもそれをクレイモアで防いだが、後方へ飛ばされたことでエインズとの距離が開き仕切り直しとなった。

呼び名は違っていても剣術文化と聞いているガイリーン帝国の剣士が「魔力」を認識している。

これに至ったエインズの思考はタリッジ、いや、ガイリーン帝国の剣術への興味を加速させる。

「……ならこれはなんて言うのかな？」

今度はエインズがタリッジに飛び込む。

「略式詠唱『同時再演(セイムアクター)』」

剣を持つエインズの左腕が肩のあたりから半透明に二本生え、三本の剣がタリッジに迫る。

エインズ、いや、魔法文化のサンティア王国での認識では「魔法」。それを目の前のタリッジはどう認識するのだろうか、その興味がエインズを駆り立てる。

「なんで剣士でもねえてめえがッ！　あのクソ野郎の技を――、『神技(しんぎ)』を習得している!!」

エインズの半透明な二本の腕。それを、その神技をタリッジは見たことがある。忘れたことは一度もない。夢の中に出てくるほどに鮮烈に脳裏に焼き付いている。

——神技『三重(みえ)』。

○

エインズのこの魔法。相手する者が初見であれば困惑し、対応が後手に回る。魔力をもって実体を成し、剣技を振るう。

同時に三本もの剣とその各剣技に対処しなければならない。この魔法、神技を使用する者が優れた太刀筋であればあるほどその脅威は比例的に増す。

この神技を使えるか否かがガイリーン帝国における剣王と剣聖の絶対的な境となっている。

タリッジは『三重』に限らず神技を使えない。故に剣王で甘んじているのだ。

そしてなぜ剣術のクラスが剣王、剣聖、剣帝と分かれているのか。それはそこにほぼ絶対的に覆らない実力差があるが故である。剣王では剣聖に敵わない。

神力を使用し、身体強化されているとは言え、その動きは人間の動きの域から外れない。比べてエインズが現在使用しているような『三重』は強化された身体だけでは再現出来ない。

腕は増えないのだ。剣は増えないのだ。別個の剣技をもって斬撃を成すことはあり得ないのだ。

神技はそれを成す。故に、神技。

エインズにとっては自らが使用する魔法の中の一つ。しかしタリッジにとっては絶対的に隔絶された実力差を意味する神技の使用。

タリッジのその鋭い眼光に動揺が生まれるが、それでもその三つの太刀に食らいつく。

「クソがっっ!!」

タリッジは初見ではない。だが、だからといって、剣王風情が神技に対応など出来ない。

三つの太刀筋から、重要度の高さで処理するべきものを選別する。

タリッジは大剣でエインズの本物の左腕が握る剣を打ち払う。

二つの刃がぶつかり合う激しい音と共に、エインズの持つ粗末な剣は刀身が砕かれる。

が、魔力によって実体化している二本の太刀が隙だらけのタリッジの太腿と横腹を同時に切り裂く。

飛び退くように回避行動を取るが、間に合わない。致命傷にはならないものの、血が噴き出すほどの負傷を負う。

エインズは追撃しない。

タリッジは斬られた痛みに顔を歪ませながら、呼吸を整える。

「なるほどね、君はこれを神技と呼ぶのか……」

刀身を砕かれたエインズはその柄だけになった剣を放り捨て、義足で数回地面を鳴らす。

直後、一本の太刀が地面から生み出される。

それに目を向けることなく平然とエインズは生み出された剣を手にする。

「神力、神技を使いながら魔法も使うなんて、お前、一体、なんなんだ！　どこでその神技を身に付けた！　なぜ習得できた！　俺がどう足掻いても辿り着けないその域にどうやってお前は！」

肩を上下に動かしながら呼吸をするタリッジ。その揺れる目はエインズに向けられたまま。

エインズはエインズで困惑した。

タリッジの言う神力とは魔法文化サイドから見れば、ただの魔力。そしてその魔力操作をもって身体強化をしただけのこと。神技もただの魔法である。

タリッジの口からは魔法士という言葉も出ていれば、火槍や氷槍などの魔法についても見たことがあるようだった。であるならば全く魔法について知らないわけではないのだ。

「……そうか。彼、もしかするとガイリーン帝国の剣士というのは魔法を厳密に理解していないのかもしれない」

合わせて神力について、神技についても。それらはただ剣技を極限まで昇華させた頂にあるものと認識している可能性がある。

エインズの中で、タリッジへの興味、剣術に対する興味が急激に増していく。

魔法が剣術という枠組みの中で、それに特化する形で成長を遂げている事実。

そしてそれが神技という名で呼ばれる一つの文化に昇華されている事実。確かに捉えようによっては魔法であって魔法ではない。

エインズは、知らぬ間に自分の口角が上がっていることに気づく。

「……はは。そうかよ。魔法士であっても神技を使えるってのに、俺は……。なんだそりゃ」

対するタリッジは渇いた笑いをこぼす。

常人では持ち上げることもやっとであるクレイモアに目を落としながらタリッジは心境を吐露する。

「神技は使えねえ。だから邪道と分かっていながら魔法を習得しようと思ってサンティアに来てみたらこれだ……。こんなんじゃ敵わねえ」

戦意をなくし、クレイモアを握る腕がだらりと垂れ下がる。

「あのクソ野郎の神技に、クソ野郎の首を獲るためだけに剣を握ったこの腕は神技を習得しねえ。魔法だって理解できねえ。剣技に使えるものも見当たらねえ……」

今タリッジの目の前にいるエインズは身体に欠損を多く抱え、普通に考えれば使い物にならないどうしようもない人間。それがどうした。流派は違えども、上級の剣技を習得しながら魔法士と言う。タリッジが目にしてきた魔法士の中でも優れた魔法の使い手であることも理解できる。

そんな魔法士が魔法だけでなく、神力を使う。それもタリッジよりも洗練されたものを。加えて、タリッジが文字通り血反吐を吐きながら剣を振るった腕では辿り着けなかった神技すらも使いこなしている。

タリッジの心の中で、何かが折れるような音がした。

性格に難はあれど、タリッジは本来真っすぐな人間であった。

キルクでの横柄な態度や、横暴な振舞いは、彼が彼を取り巻く環境から目を背けた行動であった。

タリッジは自分でもそれが下らないことだと理解していた。

いつになっても神技のその一端にも触れられない事実や、剣士にはあるまじき邪道である魔法の習得も叶わない事実。それが焦りや苛立ちを生む。そして自分の横暴が許されているという、ぬるま湯に浸かっている心地よい現状がそれらの発散を全肯定する。

タリッジはいつの間にか腐ってしまっていた自分に気づく。いや、気づかされた。

「君、なにか事情があるようだね。ただ食べるためだけにサンティア王国まで来たわけじゃなさそうだ」

「……はっ。別にお前には関係ねえ。言ったところでどうしようもねえし、どうしてくれるとも思わねえ。ただあるのは今のこの下らねえ人間になり下がった俺と、仇を取る資格すら手に入れられなかった俺だけだ」

今でも筋肉質の身体をしているタリッジだが、全盛期からは考えられないほどに無駄な肉も付いてしまっている腕や手を見て笑いが込み上げてくる。

「……」

エインズは手に持つ剣を地面に突き刺し、手を離す。

「君、名前は？」

エインズの質問に、タリッジはいまだ自分の名前すら覚えられていないことに自嘲してしまう。

「タリッジだ。魔法士でありながら俺には届かねえ剣士の高みにいるお前には覚える価値もねえ人間だ」

「そうか、タリッジね。あと、さっきも言ったけど、僕は魔法士じゃなくて魔術師だよ。魔術師エインズ＝シルベタス」

○

「はいはい、魔術師ね。どっちでもいい。さっさと終わらせてくれ。どうせここを離れてもソビ家んところに戻れば何かしら処分されるだろうからよ」

タリッジはソビ家の従者としての貢献度は低い。

その挽回のために聖遺物をダリアスへ渡すという目的も、目の前のエインズが相手であればタリッジの仲間では失敗に終わるのが目に見えている。

タリッジは色々と、諦観してしまった。

「ここまで僕の興味を湧かせてくれたんだ。誓約に縛られることはないけど、ここでさよならというのも僕の人間性が疑われる」

その言葉にタリッジは一笑する。付き合いはかなり短いが、それでもエインズの口から「人間性」という言葉が出るとは思わなかったし、まるで似合わない言葉を使ったからだ。

タリッジは落としていた顔を上げ、エインズを見つめる。

自分とは違い、汗もかいていなければ負傷もしておらず涼しい顔をして立っている彼を。

その時、エインズが言葉を紡いだのをタリッジは聞き取った。

「――――限定解除『からくりの魔眼』」

白濁としたエインズの右の瞳が内側から滲むようにして真っ赤に染め上がる。

まるで血を吸ったのではないかと思えるほどに鮮やかな紅。

「……なるほどね」

その真っ赤な視線がタリッジを貫く。

「……タリッジ、君はこんなところで諦めるのかい？」

タリッジが赤い瞳に見据えられてから少ししてから、エインズから声を掛けられた。

「はあ？　お前には関係ないだろう。俺はもう、……無理だ」

タリッジはもう、自分がここから先に行っているビジョンが見えないのだ。

「君の求めるところ、それを僕が教えてあげよう」

「なに？」

眉間に皺を寄せながらタリッジはエインズを見つめる。

「すぐに、とはいかないだろう。だけど僕は、君にその先を見せることは出来るだろう」

「お前、正気か？　それとも俺を馬鹿にしているのか？」

ここでエインズに話す意義もないが、これでもタリッジは剣術に関しては血の滲むような努力をしてきた。並の人間では想像できない程のものを。全ては彼の目的を果たすために。

「魔術師としてここにいる僕が言っているんだ。冗談や酔狂で言うわけがないでしょ？」

「今更、他人に教わったからといってどうにも――」

「タリッジ、剣を持て。今から『問答』を始める」

はっとしてタリッジは剣を持ち、構える。

エインズの雰囲気ががらっと変わった。これまでとは比べ物にならないほどの威圧感を放っていた。

冷や汗が噴き出しているのをタリッジは感じた。

「……オーバーヒート」

エインズの全身から魔力が噴き出し始める。体内で込めていた魔力が、その膨大な量が器には収まりきらず溢れ出ているような。

「略式詠唱『同時再演』」

先までは左肩口から魔力により実体化した腕を発現していた。

この魔法は何を、どの範囲において再現するか自在である。しかし広範囲での再現、再演はその動きの複雑さが増すことにより実体化の効果が反比例的に薄くなってしまう。

ゆえに高い効果で再演するには腕などの局部的なものにしなければいけない。

だが、今回エインズが再演するのは左腕だけではなかった。

全身。

魔力によって実体化されたそれはエインズ自身の威圧感すらも放つ分身。その本体と二体それぞれに髪の長さ等、細かなところで違いがあったがそれらは確かにエインズであった。

「……神技『真・三重』。はっ！　なんだそりゃ。心底笑えてきやがる……」

だが、エインズのその碧眼・赤眼が真剣さをもってタリッジを見つめている。これまで向けられなかった関心をこれまでにないほどにタリッジに向けている。

それがタリッジには嬉しかった。

彼の直感が再び彼に語り掛ける。

これから、ここから、タリッジは一歩も二歩も先に進めるはずだと。

「タリッジ。君は君自身の力で神技に昇華させる必要がある。だけどそれに必要な『問答』は僕がしてあげるよ」

エインズらがタリッジへ飛び込んでくる。

そのどれもがタリッジの動きを全て完全に読み切った動きをする。フェイントも効かない。不意打ちも意味を成さない。

まるで心眼の極致。剣士の最高峰。

「敵いっこねえ。だけど、おもしれえ‼」

タリッジの心臓が高鳴る。身体が震える。武者震いする。

剣を初めて手にした幼子が剣豪と打ち合うかのような無様な剣戟だったが、タリッジを駆り立てた。

○

「これは……、さすがに」

ソフィアはシアラの後ろで呟きを漏らす。

目の前の光景に絶句するしかなかった。

幼い少女シアラが操るその『炎』のなりをした魔術という、得体の知れない力が一方的に虐殺していく光景にソフィアは身体が動かなかった。

幾人もいた敵のそのどれもが、一瞬にしてその命を刈り取れたはずの炎は発狂するほどに苦痛を覚えさせた後で奪い去る。

自由自在に動き、形を変える死神の鎌。地獄の淵で燃える炎。

それが小さな少女のその胸元を源に生み出される。

不思議議と、不気味なほどに風が吹き抜けないここは、人肉の焼ける異臭だけが漂う。聞こえるのは遠くで聞こえるエインズとタリッジの剣戟の音と敵の悲鳴や嗚咽、断末魔と、肉の焼ける音。

炭化した臓物が地面にいくつも転がり、原形はないがぎりぎり形を残している屍を、シアラは目も背けず踏みつぶす。

大の大人でも慣れない、吐き気を催す非日常的な凄惨な光景にシアラは溶け込んでいた。

残る数はわずか二人となっていた。

炭化して形をこの世に残しているのは僅かで、多の者は灰すら残さず燃やし尽くされたのだ。

「……次はおまえだ」

シアラのその幼く短い腕が、ガクガクと笑う膝でやっとの思いで立ちつつ剣を震えながら持っている男に向けられた。

男はすでに目の前の光景に涙を垂れ流し、向けられた若々しい手に恐怖を覚え、その恐怖に心臓を鷲掴みされる。

鷲掴みされた心臓はうまく動かない。

呼吸もままならなくなり、過呼吸気味になって苦しみを覚える男。

「……せ、せめて、一思いに……、たの、むからぁ」

乱れる呼吸にうまく言葉を発せられない男。

もはや命乞いはしない。そこまでの高望みはしない。

だからせめてもの慈悲で、苦しみがないように一瞬で殺してくれと、自分の二回り以上も年若い少女に懇願する。

「お前らは、わたしのお願いを聞きいれたか！」

男の心臓を鷲掴みしていた恐怖という名の手に力が籠められる。

鷲掴みしていた手が形を変え、心臓を包み込む黒い炎になる。

男の体内を循環する血、その温度が急激に高まっていく。

「あ、あああぁあぁぁああ!!」

シアラの黒炎は心臓を包み、そこを経由して環る血を煮え滾らせる。

男は首元を掻きむしり、胸元を掻きむしり、全身を掻きむしる。

身体の内側が燃えるように熱い。だが、掻きむしっても内側に男の手は届かない。

男の肌に爪が食い込み、血が滲む。

肉が見え、血が垂れるが気にする様子もなく全身を掻きむしる。

死に際、動きがより一層激しくなったがすぐにぴたりと止まった。男はその場で力なく仰向けに倒れ、それ以降動くことはなかった。

目からは血の涙を流し、全身から微かに蒸気を出していた。

最後に残るはシアラの母親の形見であるペンダントをもった男。

だが、その男ももはや戦意はまったくない。

もはや生きながら死を待つだけのただの死人と化している。

少女は初めて歩を進め、男に近づいた。

呆然としていた男だったが、シアラが近づいてきたことに気づき、後退ろうとするが、脚が動かない。重心だけが後ろに動き、そのまま力なく尻餅をつく。

男へ徐々に近づいていくシアラにソフィアもはっと我に返る。

エインズの言葉を思い出した。

シアラを死なせたくないのであれば、彼女の手にペンダントが渡ってはいけない。

なぜかは分からない。だが、主君が言っていたのだから、そうしてはいけない。

ソフィアはシアラのもとへ駆けていく。

男はペンダントを上に掲げ、祈るように身体を震わせながら縮こまる。

シアラの目にはもはや彼女が大切にしていたペンダントしかない。ペンダントを手にしている男の存在が視界に映るだけで不愉快さを覚える。

黒炎が風のようにぶわっと男を吹き去る。

一瞬にして男は炭化し、ただの真っ黒なペンダントの物置と成り果てた。

シアラは顔を若干弛緩させながらペンダントに手を伸ばす。

「シアラ！　いけません！　そのペンダントを掴むのはお待ちなさい！」

ソフィアはシアラの肩に手を置き、必死に声をかける。

「ソフィアさん？　どうしてそんなことを言うの？　今になっていまさら」

「それは……」

エインズの言葉を完全に理解していないソフィアにはシアラを説得できるほどの言葉が思いつかなかった。

「わたしはこれを奪い戻すためにここに来たんだ。エインズさんやソフィアさんには感謝している。ここまでわたしに協力してくれて」

シアラは肩に乗るソフィアの手を払い除けると続ける。

「だけど、ここにきてソフィアさんはわたしの邪魔をするの？　わたしの、敵、なの？」

シアラがソフィアに向き直り、その幼い双眼でソフィアを見つめる。

瞬間、ソフィアは死を感じる。

まだシアラの胸元に黒炎は灯っていない。

だが、それもソフィアの言葉一つ、行動一つで変わる。場合によっては炭化した男の次に黒炎に包まれるのはソフィアかもしれない。

「勝手ではありますが、私はシアラには死んでほしくありません」

「どういうこと？　わたしは死なないよ。敵だったやつらは全部燃やし尽くした。わたしのものを奪うやつはもういなくなったんだよ？」

「そういうことではありません」

「仮に、これからわたしの敵が出てきたらさっきと変わらず燃やし尽くすだけ。だからわたしは死なない。この黒炎がある限り」

ソフィアも理解している。シアラの言うように、これだけ一方的で強大な力を手に入れたシアラであればこの先シアラに敵対する者が現れようと、相手がシアラと同等の者でなければ負けることは、死ぬことはないことを。

「ですが、エインズ様が仰っていました。残念ながらあの御方の真意は、私には十全に理解できません。ですがシアラ、きっとそれをあなたが手にしたならばもう戻れません。死にますよ」

「エインズさんが？　でもエインズさんは言ってくれたわ。全ての覚悟を話した上で、最後までついていく、って」

シアラのペンダントに伸ばしていた手が再度動きだす。

それには思わずソフィアも腰に差している剣に手をかける。

「……ソフィアさん、その先はわたしもやりたくない」

シアラの胸元には黒炎が灯っている。

あとはソフィアを害悪と認識するだけで標的に設定される。

「シアラ、どうしてもだめですか？　せっかく救えた命です。あなたにはまだ先の人生が十分にあります」

ソフィアの真剣な言葉にシアラは思わず笑ってしまう。

「ソフィアさん。どうしてわたしが死ぬの？　わたしは死なない。わたしを死に導こうとする害悪はわたし自身が燃やしつくすわ」

そして、剣に手をかけたまま動けないソフィアを横目にシアラは真っ黒な物置からペンダントをその手に取りながら続ける。

「もし、お母さんのペンダントを取り戻して死んでもそれは――」

シアラのその後の言葉は続かなかった。

シアラはエインズの力を借りて、魔術を使用できるようになった。そしてそれによってシアラは、これまで以上に敏感に魔力を感じることができるようになった。

聖遺物とは、それ自体で魔力を生み出すものである。

ペンダントを手にした右手からシアラはその濃厚な魔力を感じ取れた。いや、シアラの中にその情報が流れてきた。

「……ああ、おかあさ――」

一筋の涙がシアラの目から流れ落ち、顎先からその雫が落ちそうになるその瞬間、シアラの目の前の世界が非現実に切り替わる。

落ちるはずの雫が落ちずに固まる。

周りの音は完全に消え、横にいるソフィアも完全に動きを止める。息もしていない。

シアラには覚えがある。この感覚は初めてではない。

宙が、空間が異次元から切り裂かれ、真っ黒な口が現れる。

そこから現れるのは半透明な右腕。

『世界の理に触れし者よ。制約に反せし者よ。汝の裁定は為された』

半透明な右腕はゆっくりとシアラに伸びていく。

シアラは不気味さを感じながらも身体は動かない。

灯っていたはずの黒炎はいつの間にか消えている。

右腕はシアラを握りこむように包み、そして何かを引き抜くようにしてシアラを透けて真っ黒な切り口に戻っていく。

シアラにも感覚はあった。シアラの絶対的ななにかが引き抜かれた感覚が。

右腕は完全に切り口に戻っていき、その口を締め、宙から消える。

そして、時は再び動き出す。

シアラだけを残して。

○

「……シアラ？」

言葉が途中で終わったシアラに、すぐに異変を感じ取るソフィア。

「シアラ⁉　どうしました⁉」

強く呼びかけても返答もしないシアラの胸元には黒炎が灯っていなかった。

ソフィアはシアラの両肩を掴んで揺さぶるが、その力で膝が折れ、首が垂れ落ち、幼い身体は力なく地に落ちる。

「……まさか、エインズ様の言うように……」

死んでしまったのだろうか。

震える声で紡いでいたソフィアの言葉は最後まで続かなかった。

ゆっくりとソフィアは小さく軽い身体のシアラを横にして瞼を閉じる。

息はなく、脈はなく、鼓動はない。

それはまるで苦痛なく眠っていた。

「……どうして」

エインズが危惧していたこととは言え、ソフィアには理解できなかった。

シアラは敵の攻撃を一つも受けておらず、魔術を発現させている最中も平然とした様子で使用していた。

原因は間違いなくエインズの言っていたように、ペンダントを手にした時だ。

それは一瞬だった。シアラがペンダントを手にしたその一瞬で、ソフィアが認識できなかった何かがシアラに起きたのだ。

気づけばシアラは外傷もなくその心臓の動きを止めていた。

「ごめんごめん、遅くなったよ」

悲嘆に暮れていたソフィアのもとに、エインズがやってきた。

その声色はどちらかといえば喜色で、足取りも軽やかなものだった。

「……エインズ様、シアラが……」

ソフィアは目を伏せながらエインズに静かに横たわるシアラの様子を見せる。

穏やかに眠るシアラを見つめるは、エインズの碧眼と白濁とした瞳。

エインズはシアラの右手に収まっているペンダントに目が留まる。

「そうか。手にしてしまったんだね」

「申し訳ございません。エインズ様に事前にお教えいただいていたのに、この様です」

何をすればいいのか、どんな行動を取ればシアラの死を防げたのか、前もってソフィアはエインズから教わっていた。しかし、事は起きてしまった。

ソフィアは悔やんでも悔やみきれない。

そんなソフィアに言葉を投げることなく、エインズはいまだ微かに温もりが残るシアラの右手を開き、その中からそっとペンダントを手に取る。

そのお世辞でも高価とは言えない安価なペンダントを眺めながらエインズは口を開く。

「いや、これは仕方ないよ。早かれ遅かれシアラはここに行き着いていた」

「どういうことなのでしょうか、エインズ様？　シアラはどうして……」

いまだ横たわるシアラから目を離せずにいるソフィア。

「シアラは課されていた『制約』に違反したのさ。世界の理に干渉しそれを歪ませる術を持つ魔術師が唯一絶対に守らなければならない理――――、『制約』をシアラは侵した」

強大な力を有する魔術師が何の制限もなくその力を行使することは出来ない。

そこには制約が課されており、それに違反した魔術師の行き着く先は死である。

それはリートが魔術師に至った時に、ソフィアはエインズから聞いていた。

ソフィアの目の前で起きた、シアラが一瞬で死に至った事象、その理由が制約違反にあるとエインズは語った。

「ではエインズ様はシアラの制約を知っていて、そしてシアラがあのペンダントを手にした時に、制約違反になると分かっていたのですか？」

「いいや、はっきりと分かっていたかと言えばそうではないね。ただ、黒い炎を操る魔術に至った人間は、シアラが初めてではないんだよ」

「え？」

思わずソフィアは聞き返す。

エインズの右腕もそうだが、あれほど強大な力を持つ魔術が固有的なものではないことに驚きを隠せなかったのだ。

「魔術の根源は、その者の真なる欲望。これまでもそうだったけど、黒い炎を発現させる者の欲望はなべて残酷なものだった」

エインズはペンダントを手にしながら立ち上がり続ける。

「そしてそれに反するように課される制約というのは、黒い炎を操る魔術師には厳しいもののようでね、『黒炎の魔術師』はみな短命だったね」

だから経験則でシアラに課された制約がなんとなく予想できた、とエインズは結んだ。

（胸元で灯る炎。なおかつ黒。それだけでその源が何なのか、分かりやすいくらいに想像できる。だからそれに課される制約も）

いまだその場から立ち上がろうとしないソフィアにエインズは落ち着いた声色で声をかける。

「せめて今だけでも、ソフィアだけは、シアラの死を惜しんであげてほしい」

「埋葬をしてあげたいのですが……」

「……必要ない」

エインズは軽く首を横に振り、ソフィアの頼みを撥ねる。

静かに眠るシアラの身体から、煌めく鱗粉のような光が次第に発せられた。

「エインズ様、これは？」

まるで初めての現象にソフィアは瞠目する。

「制約違反で死に至った魔術師は、世界の理を捻じ曲げた魔術師は、その死を嘆いてもらうことも許されない。亡骸は残らず、その死は世界に迎合するように都合よく改変される」

シアラの周囲を揺蕩う光の鱗粉、そんな幻想的な光景をエインズは見慣れた様子で眺める。

無風の商業区。その中の、エインズらが立つ一帯に光が散らばる。

その鱗粉の増加に反比例するようにシアラの身体が徐々に空間に溶けていく。

ソフィアは無意識に宙に浮かぶ光を手でかき集める。しかしそれはソフィアの手をすり抜け、その場でじっと揺蕩う。そのどれもがシアラの身体から発せられ、どれ一つとして幼い身体に戻っていくものはない。

「シアラが光の欠片として散らばり、その身体が空間に溶け切った頃には改変は完了される。そうなれば理に生きる生者は嘆くことも出来なくなる」

すでに太陽は沈み、夜の帳が下りた一帯に街灯が灯る。しかし街灯の光よりも揺蕩う光の方が眩い。

街灯の明かりよりも温かみのあるその鱗粉は、夜の星空よりも多く、無数にその光を燃やす。

それらはエインズらの背丈では届かない高さまで舞い、その燭光らは彼らを包み込む。

静かに驚いていたソフィアもこの事象を飲み込み、黙してシアラの死を惜しむ。

その横でエインズはソフィアに聞こえない程の声量で呟く。

「……助力が必要だったとはいえ、魔術師に至ったこと。シアラの魔術は確かに君に関わる世界に干渉し、その理を捻じ曲げた。そこに同じ魔術師である僕も敬意を示そう」

目を閉じ黙祷（もくとう）を捧げるソフィアと、目を開けたままその様子を漏らさず眺めるエインズ。

幾ばくかの時間が過ぎる。

シアラの全てが光に変わり、眩く散らばる鱗粉も最期には空間に溶ける。

そこには何も残らなかった。あるのは荒れた商業区の一角。そして佇むエインズとソフィア。

「……シアラ、君の最期は間違いなく君そのもの、君だけのものだったよ」

それはスラムの隅で、そこに住む者と腐った傷口を舐め合うような、死を待つだけの生き方ではなかった。

シアラとして、一人の魔術師として、最期を迎えた。

自分の意思で立ち上がり、意志を持って自分の在り方を奪い返した。それは醜い姿に違いはないが、それでも腐ってドブの中でくたばるよりかは幾分もまし。

「そろそろ帰ろうか、ソフィア」

エインズは、ふぅと息を吐いてから腰を下ろしているソフィアに声をかける。

ソフィアはさっと立ち上がり、普段の凛とした表情で答える。

「そうですね。朝から探していた一般人向けの塾らしき場所や講師も見当たりませんでした。また明日以降に致しましょうか、エインズ様」

そしてソフィアは辺りを見渡しながら続ける。

「それにしても先ほどの火事は何だったのでしょうか。建物一つ燃え尽きてしまいました」

「そうだね」

「それに、あのスラムの少女は無事でしょうか。ここまで案内してもらいましたが、火事の時から見失ってしまいました。火事に巻き込まれていなければいいのですが……」

わずかな時間だが見知った少女が災害に巻き込まれていないか、その安否を心配する口ぶりをするソフィアだが、わざわざ探して確認する必要もないと判断し、エインズのもとを離れない。

「そうだね」

淡々と相槌を打つエインズの方に顔を向けるソフィア。

ソフィアはエインズの左手にあるペンダントに気づく。それは女物のアクセサリーで、エインズがこれまで身に着けているところをソフィアは目にしたことはない。

「エインズ様、そのペンダントはどうなされたのでしょうか？」

エインズはペンダントを前に、ソフィアに見せるように掲げる。

「これかい？　これは、そのスラムの少女――――、シアラから貰ったものだよ」

「シアラ、ですか。エインズ様に名前を覚えてもらえるとは、見どころのある少女ですね」

ソフィアはその安そうな雑な装飾がなされたペンダントを間近でじっと見たあと、「それでもとてもスラムの少女が持っていたとは思えませんが」と呟く。

そんなソフィアを、若干寂しさを滲ませた目でエインズは見つめる。

「……まるで僕が人の名前もまともに覚えられないみたいな言い方だね」

「エインズ様、どうかされましたか？」

エインズの声にいつもの覇気が感じられない様子に、ソフィアはエインズの身を心配する。

「……いや、今日は歩き過ぎた。ちょっと、いや、けっこう疲れたね」

エインズはわざとらしく左手で太腿を軽く叩き、筋肉をほぐすようなしぐさを見せる。

「そうですね。本日の夕食はなんでしょうか、楽しみですねエインズ様」

「ソフィア、君も少しは手伝いをして、料理を身につけなさい」

ソフィアはバツが悪そうに目を横にそらす。

それを苦笑いしながら歩き始めるエインズ。

「あっ、そうだ！　ちょっと大きい荷物があるからソフィアも運ぶの手伝ってほしいんだよね」

第三話　『制約』

「朝から何だか騒がしい様子みたいだが、何かあったか？　さてはまたダルテがその忠誠心をこじらせたのかしら？」

爽やかな朝日が、フリルやレースなどの装飾がなされた優雅なデザインのネグリジェを照らす。

ゆったりとネグリジェを着る女性は髪が前に垂れないように肩にかけて朝食を取っている。

熱された鉄板の上で音を立てながら油を飛ばす赤身肉を、器用にナイフとフォークで切り分けながら眉間に皺をよせるようにしてゆったりと咀嚼する。

その光景や匂いは、見る者の肋骨下部を締め付けさせる。

「どうやら昨日、商業区のあたりで火事が起きたようでございます、リーザロッテ様」

テーブルにスープやパンなどを配膳するミレイネももちろん絶賛朝から胸焼け中である。

「ほう、それはまた。だが、そんなもの取り立てて騒ぐほどのことではなかろう？」

「俗に言うスラム一帯は焦土と化しており、残るは死んだ土だけとなっていまして」

ミレイネは上質なバターと、程よい酸味の効いた柑橘系のジャムをパンの横に添える。

「加えて、ダリアス＝ソビが従者のタリッジとその仲間が拠点としていた建物一棟、跡形もなく消滅してしまいました」

それを聞き流しながら肉を頬張るリーザロッテ。

「あの被害状況から鑑みるに、宮廷魔法士の腕をもってしても再現不可能なようでして。僅かな目撃者は見間違いかもしれないが、黒い炎を見たと言っているようです」

はねた油が指にかかり、思わず手を引っ込めるリーザロッテ。さらに彼女の眉間に皺が寄る。

「スラムがなくなったのであれば、お前らからすればいいことなのではないのか？　死んでいた土地も今後活用できよう？」

「問題はその強大な力を持った人物が特定もされずいまだ王都に潜んでいるという点でございます」

朝食を取っているリーザロッテの部屋、その扉一枚向こう側では、報告や調査などで衛兵や魔法士、文官が引っ切り無しに廊下を走り回っていた。

商業区の一角で済んだから良かったものの、それが王城に向けられては一大事だと各々がそれぞれの管轄内で早朝から冷や汗をかきながら対策を練っている。

「ミレイネ、先ほどそなた黒い炎と言ったか？」

「はい、そうですが」

「ふん、ならばそれはそなたらの出る幕ではなかろうな」

リーザロッテはナプキンで口元を拭った後、空のワイングラスのプレート部分を指で数度叩く。

それを確認してミレイネが中へワインを注ぐ。

「と、言いますと？」

「それは十中八九『魔術』であろう。騒動の原因は魔術師だ。魔術であれば、ヴァーツラフお抱えの魔法士をどれだけ集めようが無駄だ。……ブランディのところの、ええっと、カンザスは何か報告してきたか？」

リーザロッテの細い指がステムに添えられ、ワインを空気に触れさせるようにボウルの中で回す。

朝から飲むということもあり、軽い口当たりの赤をリーザロッテは指定している。

渋みも酸味も軽いワインを、リーザロッテは味を楽しむというよりかは、口の中に残る肉の重みをリセットするために、洗い流すように口に含む。

「どうしてリーザロッテ様がブランディ侯爵の動きについて？　ですが、関係あるのかわかりませんが、本日昼過ぎにブランディ侯爵が登城されます」

「内容は？」

「聖遺物の献上、とだけ耳にしています」

なるほど、とリーザロッテはこの朝からの騒動についてある程度理解した。

カンザスがこの件で動くということは、間違いなく魔術師であるエインズが絡んでいる。加えて、黒い炎と聖遺物という性質。これが意味するところは、

「もうその黒い炎を操る魔術師はこの世にいないであろうな。騒ぐだけ無駄よ」

「この件で国王陛下がリーザロッテ様にお尋ねしたいことがあるみたいでして」

口に含んだワインが、中に残っていた肉の油を分解する。

「……また妾に出向けと言うのか、ヴァーツラフは。これは一度、しっかりと躾し直さねばならんか？」

「……」

ミレイネは何も言うことが出来ない。リーザロッテに同意するということは、サンティア王国のトップである国王を蔑ろにすることを意味する。逆にリーザロッテの言葉を否定しようものなら、その程度のことで彼女は一線を越えるような事はしないものの、ミレイネにかける嫌がらせの頻度はさらに増すであろう。

「ヴァーツラフをここへ呼べ、ミレイネ。ハーラルも同行させるとよい」

何も言わず静かに直立しているミレイネに、リーザロッテはぶっきらぼうに指示を投げる。

そこに、廊下と繋がる扉がノックされる。

「入るぞ」

リーザロッテの返事を待たずして扉が開けられる。

ミレイネはすぐに扉の方を警戒する。ノックしたとしても、こちらの――――、リーザロッテの了解を待たなければ開けてはいけない。

それを無礼にも開ける輩である。

「誰ですか！　ここがリーザロッテ様のお部屋と知ってのことか！」

やや殺気を出しながら語気を強めるミレイネだが、入ってきた人物を見て一瞬で顔を青くした。

「いや、すまないすまない。だがリーザロッテであれば、余に自らこちらへ出向けと言うと思ったからの」

現れたのは、老いながらもその眼力の鋭さはいまだ健在、見る者に畏怖の念を抱かせる人物――――、ヴァーツラフ国王。

「へ、陛下！　申し訳ございません！　私、陛下とは知らず、このような――――」

ヴァーツラフは、手でミレイネを制し、落ち着かせる。

「よい。そなたはそなたの職務を全うしただけじゃ。むしろその対応の速さは称賛に値する」

「も、もったいなきお言葉にございます！」

そうミレイネは深くお辞儀を一度して、リーザロッテの横に控える。

「ほう、ヴァーツラフ。妾が言う前に自らこちらに来るとは殊勝な心がけだな」

ヴァーツラフは適当に、リーザロッテに向かい合うようにして椅子に座る。

「余も、そなたの小言を朝から聞きたくはないからな。自然と身体が動いた。何か魔術でも使ったかリーザロッテ？」

ヴァーツラフの軽口を鼻で笑い、パンに手を付けるリーザロッテ。

「っ!? お、はようございます、リーザロッテ様」

ヴァーツラフの後ろから入ってきたハーラルは、リーザロッテのネグリジェ姿に狼狽してしまう。

黙っていれば絶世の美女であるリーザロッテの妖艶なネグリジェ姿は、年頃の青年であるハーラルには目に毒である。

「ほほう、どうしたハーラル？ 顔が赤らんでおるぞ？」

「い、いえ僕はっ」

リーザロッテは、ミレイネをいじめるときのように、ニヤリと笑みを浮かばせながら少し前傾姿勢になる。

それにより髪の一束が肩口から垂れ落ちる。

一束が垂れ落ち、薄いネグリジェにかかる小さな音がハーラルの耳を刺激し、清らかな青年の耳まで紅潮させる。

「ハーラル。そなたも女の身体に興味が出てきだした年頃か？ 初めてが妾では後が大変だぞ？」

爽やかな朝には場違いな湿っぽい声色で囁くリーザロッテ。

「……リーザロッテ、冗談はよしてくれ。そなたのような年増の魔女に余の息子はやれん」

ヴァーツラフは肩をすくめながら、血色の良い舌で唇を湿らせるリーザロッテを見やる。

「おい、ヴァーツラフ。お前、殺されたいか？」

「おお、怖い怖い。更年期を何周も過ぎた女は怖くてたまらん」

「ふんっ、お前も本当に言うようになったな。それに怖いもの知らずにもなった。頼もしい限りだな、まったく」

ふう、とリーザロッテは一息ついてからミレイネに目配りをする。

ヴァーツラフの前にワイングラスを置こうとするが、手で制され、代わりにグラスと水差しを置く。ハーラルにも同様にグラスと水差しを置くと、再びリーザロッテの後ろで静かに控える。

「朝からの騒動の件は先ほどミレイネから聞いた。何が聞きたい？」

リーザロッテはパンを一口サイズにちぎり、バターを薄く塗って口に放り込む。

「目撃された黒い炎というのは、やはり魔法ではなく魔術なのか？」

「ほぼ間違いなく、な」

あっさりとリーザロッテから返され、思案するヴァーツラフ。

しかしリーザロッテは理解している。すでにヴァーツラフが思案する必要はないことを。

「安心するがよい。すでに黒い炎を使う魔術師はこの世におらん。新たな魔術師が生まれない限り二度と起きんよ」

「なぜ分かるのですか、リーザロッテ様」

ハーラルは水差しからグラスに水を注ごうとして手を止める。

「ヴァーツラフ、……妾はハーラルにも少し教えたか？　魔術師には必ず『制約』がある。そして黒い炎、『黒炎』の魔術は昔から有名でな」

細かな差異はあれどその制約も有名だ、とリーザロッテは遠い目をして語る。

「黒炎の魔術。これは魔術の中でもとりわけ人間味の強い魔術だ。数多く見てきたし、数多く死んでいった」

「今回のも『制約』に触れた、と言いたいのか？」

ヴァーツラフの真剣な問いかけに、リーザロッテは頷くと言った。

「『黒炎』の源は心にある。憎悪、嫉妬、怒り——、それら負の感情の高ぶりが、術者の拒絶する害悪その全てを燃やし尽くすのだ。そして、その制約は『涙を流すこと』と言われておるな。全てを燃やし尽くす炎が自身の涙で鎮火するとは皮肉なものよな……」

○

ミレイネを部屋から外させた後、リーザロッテは彼女の推測を説明し始めた。

魔術師は自らその域に到達する者もいる。しかしそれはかなり稀である。ならば今回の魔術騒動は現に魔術師である者の仕業であある方が高いと見るのが妥当。だがこれも、現在サンティア王国で確認されている魔術師は、リーザロッテとエインズのみ。

リーザロッテの知る限り、エインズは黒炎の魔術を持たない。同じくリーザロッテも黒炎の魔術を持っていない。であるため先の可能性は否定される。

そこで関わってくるのが、午後に登城するカンザスと献上予定の聖遺物。

聖遺物の性質を考えると黒炎の『制約』に大きく影響することがある。そしてそれを献上しにやってくるのが、カンザスときた。本来であればそこに因果関係を見いだせないが、それがエインズの面倒を見ているカンザス＝ブランディであれば話は別だ。

実際にエインズが事を起こしたわけではないだろうが、間違いなく彼が——、あの魔神がこの件に関わっているに違いない。そして聖遺物を持ってくるということは事が全て終わったことを意味するに違いないのだ。

「なんならエインズも王城に寄越して、直接聞いたらどうだ？　あいつの性格だ、あっさり答えると思うがな」

「……よしてくれ。またダルテの顔が真っ赤に茹で上がる。今度は血管が千切れてしまうかもしれん」

篤い男ではあるがな、とヴァーツラフは呟く。

「だが、そなたがそう言うのであればもうこの件は心配事ではなくなった」

グラスを傾け、ヴァーツラフは常温の水を呷る。

「そうですね、父上。残るは——」

「ああ、ブランディ卿とソビ卿の問題だな……。貴族間の政治も外交と変わらず面倒なことこの上ない」

ハーラルも水差しからグラスに水を注ぐと、少量口に含み喉を潤す。

「ああ、仲の悪い家々だな。今度は何が原因だ？」

リーザロッテは朝食を全て食べきり、空のグラスに手酌でワインを注ぐ。

「ソビ家長子のダリアスの従者タリッジが問題でな。あろうことか、話題の絶えないエインズが自らの従者にしてしもうた」

はあぁ、とヴァーツラフは頭を抱える。

一端の貴族であれば、ヴァーツラフの一声で全て収まるが、ソビ家もブランディ家もサンティア王国の古参貴族で発言力と力はかなり強い。王族といえども下手に関与したくないのが本音である。

「ソビ家は父上を通してブランディ卿に告訴しようとする動きをとっているのです」

対応を間違えてしまえば、三つ巴(どもえ)の争いになってしまうかもしれないとハーラルは危惧する。

これだけ歴史が長ければ、繁栄している王国といえども、一枚岩ではなくなってしまっている。

それが故に複雑な内部政治が問題として浮上してしまうのだ。

「エインズが従者を、な。あいつは何と言っているのだ？」

「エインズ殿から直接の申し開きではなかったのですが、従者のソフィア殿が代わりに答えてくれました。僕には理解できないのですが、『エインズ様はいまだタリッジへ問答中でございます』とだけ」

ハーラルの説明を横で聞いたヴァーツラフは再度溜息をつきながら口を開く。

「よく分からんが、そんな問いかけ程度で他貴族の従者を奪ってくれるな、まったく」

そんなヴァーツラフの様子を眺めて、リーザロッテは首を横に振った。

「やめておけ、ヴァーツラフ。あいつが『問答』の真っ最中だと言っているのであれば一切それに関わるな」

「なぜだ、リーザロッテ」

顔を上げ、リーザロッテを見るヴァーツラフ。

「関われば、間違いなく死ぬぞ。あやつの『問答』を邪魔する者は、女子ども関係なく、貴族王族、国すらも迷わず消し飛ばす。民の安全、国の安寧を維持したいのであれば、手を引けヴァーツラフ。一夜も越せずに滅ぶぞ？」

リーザロッテが珍しくヴァーツラフの心配をするが、ハーラルはまだ得心がいっていない様子だ。

「……はぁ、ソビ家には妾の名を出せばよい。治まらねば妾が出向くことになるぞと言ってやれ。ゾインも妾の正体を知らんわけではなかろう？」

ゾイン＝ソビ。ソビ家現当主。

ブランディ家と並んでサンティア王国の古参な貴族。

その現当主。あまり表舞台に出てこないが、その裏の支配力はそこらの貴族と桁が違う。

表の世界ではブランディ侯爵が台頭しつつあり、裏の世界ではソビ侯爵。その間に挟まるようにしてヴァーツラフら王族がいるのだ。

そしてエインズを囲い込もうとしているブランディ家は以前にも増して力をつけている。

「それは助かる、リーザロッテ。早速そなたの名、一筆もらって使いを送りたい」

ハーラルは一度席を外し、紙を一枚持ってくる。

その白紙の下部にリーザロッテは筆を走らせる。

「あとはそなたらで適当に書いておけ。まったく、いつから妾はそなたらの相談役になったのか」

リーザロッテの名が入った紙をヴァーツラフは受け取ると、

「そう堅いことは言わんでくれ。今度礼をする」

と立ち上がり、部屋を後にしようとする。

そこでリーザロッテは思い出す。先日行われた玉座の広間でのエインズとリーザロッテの一件を。

「……あっ！　おい、ヴァーツラフ思い出したぞ！　そなた、先の借りをまだ妾に返しておらんぞ！」

そうリーザロッテが言い切る頃にはすでにヴァーツラフの姿は消えていた。

こういう時だけ、歳の割に機敏な動きを取るのだ。

「まったく、あの坊やは……」

「リーザロッテ様。父上に先ほどのお言葉、伝えておきましょうか？」

困惑した面持ちのハーラル。

そんなハーラルを手であしらうようにして、

「よいよい、いつものことだ。ハーラルも戻るがよい。そしてキリシヤをよく見守っておくがよい。よそ見すれば一瞬で嵐の真ん中に立っているかもしれんからな」

ハーラルは扉の前でお辞儀をして部屋を後にした。

すれ違うようにして、ミレイネが開かれた扉を閉めながら中へ入ってくる。

リーザロッテはワインを一口飲むと、陽が差し込む窓から外を眺めながら口を開く。

「それにしても、だな。……ミレイネ、そなた『聖遺物』が何か知っているか？」

「はい、存じております。王族や英雄、勇者など著名人の私物に多く見られ、魔石とは違い無尽蔵に魔力を生成し、持つ者へ供給するもの、ですね」

しかしそれは結果に過ぎない。

「そういえばおかしいですね。今回ブランディ侯爵が持ってこられる聖遺物は無名なものと報告を受けています」

無名の聖遺物など初めて聞きましたとミレイネはテーブルの上を片付けながら言う。

「あんなものを『聖』遺物などと、綺麗な名前をつけたものだ。そこに無名も有名もない。なぜ、あれらが魔力を無制限に生成するか知っているか？」

窓の方から顔を外さずにミレイネへ問うリーザロッテ。

「いいえ。ですが、その私物を持っておられたのはすごいお方ばかりですので、何かそういったすごいものが乗り移ったのではないでしょうか」

「……あれらの源は、未練、執着、憎悪など、どろどろといつまでも分解されない凝り固まった感情の塊だよ」

「えっ？」

優れた王でも、晩節を汚す者が多い。徐々に衰えていく身体、思考、そして追いつけない時代の移ろい。それらが執着や未練を生む。自分はまだやれる、まだ国を良く出来る、名君であり続けなければならないと。志であったものが狂信へと変わる。王が狂えば民も狂う。それらが狂えば国が狂う。

そんな最悪に、玉座に座る者の首が挿げ変わる。

切り取られた首が持つ黒い感情や失明させるほどに眩い志はどこで消化されるのか。されずに残り続けるのだ。

英雄と呼ばれ、勇者と呼ばれた人物らはひとたび戦に出れば一騎当千、百戦錬磨だっただろう。だが、彼らが立つところには必ず屍が転がっている。敵のものもあれば味方のものも然り。彼らが百戦錬磨であっても、豪勇無双であっても、親しい友人や知人は彼らのいない別の戦場で死んでいる。幾多の凄惨な戦場を乗り越え勝利を手にしたところで、彼らは常に失い続ける戦場に毅然として立ち続けなければならない。そんな英雄らが何も思わず、狂わずいられるだろうか。

知らない誰かは守られても、語らい背中を預けた戦友は死ぬまで戦い、再会する頃には冷たくなっているものがほとんど。それでもその命を惜しむ暇も許されず死地に赴く。残るのは何か。時の流れの中で色褪せ形骸化した武勇と、勝利の美酒に酔いしれ腐敗を辿る自国のみ。

「そなたらが聖遺物と呼んでいる代物は、そんな狂気の果てに残った純粋な感情だ。それらは時がどれほど経とうが消えない。消えるのならば端から狂気の旅路の中で既に失っている。そなたらは、そんな狂気すらも道具として扱おうと――」

ミレイネは思わず後ずさっていた。

聖人君主と呼ばれた名君の私物も、国の滅亡を救った英雄の私物も、そのどれもが狂気の中で、絶望の中で、個人の望みを、個人であることを極限にまで消去し戦い続けた成れの果て。

そんな成れの果てに込められた感情すらも他人(ひと)に読み取ってもらえず、道具として『聖遺物』などと仰々しい名称を付けられ、ありがたがられる。

時間が経てばそんな有難みすらも風化し、単純に道具としての価値だけが残った。

そんな彼ら英霊を土足で踏みにじるような振舞いをしていたことに、ミレイネはただただ恐怖した。

「……黒炎の魔術師は汲み取ったのであろう、無名な英霊のそんな成れの果てを」

真っ黒な感情だったのか、狂気の中でも失わず守り続けた誇りだったのか、汲み取れない者には分からない。

それでも黒炎の魔術師は、受け取った魔力から英霊の意志を感じ取ったのだろう。それが魔術師の『制約』に触れたのだ。

「……魔術師としては短命だったであろうが、英霊すらも形骸化され価値だけが薄汚く残る今の世で、お前だけが彼ら英霊の永遠に燻（くすぶ）り続ける感情を拾い上げられたのだ」

リーザロッテは一区切りし、背筋を伸ばしてから続ける。

「お前――――、名も知らぬ黒炎の魔術師、そなたに敬意を示そう」

それはミレイネがこれまで聞いたことのない温かみのある言葉だった。

○

それからミレイネはテーブルを拭き、皿を載せたワゴンを押してリーザロッテの部屋を出た。

一人になった大きすぎる部屋の中で、変わらず窓の方を向いたままリーザロッテは独（ひと）り言（ご）つ。

「……聖遺物と呼ばれているものの中には、例を出させると必ず挙がる主要なものがある」

窓の外の太陽がうっすらと雲にかかり、魔力灯を点けていない部屋が薄暗くなる。

「その一つが、原典。エインズ、お前の記した書だ。……知っているか？　お前の書の生成する魔力は、一般の人間が読めば発狂し死に至るほどの毒なのだそうだ、妾は感じぬがな。聖遺物の本質は先に話した通り」

ならば――――。

リーザロッテの感情は、その声色からは読みとれない。

陽が差し込んでいた温かさも徐々に無くなっていき、薄暗い部屋はひんやりと冷え始める。

「お前の書、原典はそこらの聖遺物とは比べ物にならん」

リーザロッテは窓の方を向きながら立ち上がり、ネグリジェを脱ぐ。

きめ細やかな肌が露わになるが、この部屋にはリーザロッテ以外誰もいない。誰も彼女の裸体を見る者はいない。誰も彼女のその時の表情を見る者はいない。

「エインズ、お前は狂気の旅路で何を見た？　いまだ続く狂気の中で何を見る？　お前の成れの果ては、どこにある？」

リーザロッテは引き締まった身体に胸を微かに揺らしながら裸足でベッドへ向かう。

「――――我が師よ。妾はすでに旅路にいるのだろうか？」

リーザロッテはベッドの中へ潜り、小さくして眠った。

第四話　新たな従者

「……そんで俺はなんでこんな堅っ苦しい執事みてえな恰好しているんだ？」

ここは居住区にあるブランディ侯爵の屋敷。

いま一つ自分の状況を理解出来ず、執事服を着こなせていない巨大な体躯の男性。手はごつごつとしており、パンツに隠れる大腿筋の発達具合は見事なもの。二つの大きな鋼鉄プレートのような大胸筋はその存在感を隠せていない。

「ぷぷぷっ。タリッジ、君ぜんっぜん似合ってないね」

「そうですね。絶望的に、壊滅的に似合っていません。馬子にも衣装なんて言葉もございますが、タリッジは含まれないと但し書きをしておかなければいけませんね」

そんな目つきの悪い巨漢を前に、隠すことなく腹を抱えて笑うエインズと顔色一つ変えずに冷酷な言葉を投げるソフィア。

「ソフィアって前から思っていたけど、けっこうズバズバものを言うよね」

「うじうじ煮え切らない物言いは私自身が嫌いですので」

澄ました顔で答えるソフィアに、

「……無理やり着せられて、こき下ろされる俺のことも考えてくれよ」

でかい図体に似合わず肩を落とすタリッジ。

「まあ、いいじゃん。そのうち、タリッジのその、ぷっ、その姿も、見慣れる、ぶふっ、かもしれないん、だし？」

「おい、笑いが漏れ出てるぞその口から。溶接が必要か？」

なぜ今、タリッジがブランディ家の屋敷で執事服を着ているのか、話はスラムでの一件が終わった頃まで戻る。

○

「あっ、そうだ！　ちょっと大きい荷物があるからソフィアも運ぶの手伝ってほしいんだよね」

太陽の沈んだ商業区の一角で、エインズは思い出したようにソフィアに声をかける。

「荷物ですか？　エインズ様、何か買われたのですか？」

「うーん、まあ、見たら分かるよ」

ソフィアが腰を下ろしていた場所からある程度歩くと、そこには大男が仰向けで倒れていた。

体中、痣や多数の切り傷、出血が見られたが息はしており、死んではいない。完全に伸びきって意識がない。

その傍らには大人でも持ち上げるのがやっとの大きさ、重さのクレイモアが転がっている。

「ええっと、荷物というのはどちらでしょうか？」

「どっちもだよ、ソフィア。クレイモアの方は僕のマジックボックスで運ぶからいいんだけど、こ

の人は一人じゃ運べないからさ」

　エインズは生活魔法のウォッシュでタリッジの汚れを洗い流すと、説明も程々に両脇をエインズとソフィアのそれぞれが持ち、タリッジの足を引きずりながら商業区の中心地まで運ぶ。

　エインズはもちろんだが、ソフィアもまだ粗さは残るものの、身体強化が出来るようになったため、無事に運ぶことが出来た。逆に身体強化が使えなければソフィアはその巨体に圧し潰されていただろう。

　義足に片腕がない細い男と、ブラウスにフレアスカートをはいた上品な身なりの女性が両脇から大男を支えながら大通りを歩く。

　その光景は傍から見れば異様なものだったようで、商人たちは足を止めてエインズらが自分の前を通り過ぎるのを眺めていた。

　街灯に照らされ、商人同士の取引や酒場の賑わいはまるで昼間と変わらない。

　一般街区と異なり、人でごった返すような混雑はない。それも大通りが縦横に走り、一つ一つのヤードが広いことも混雑を回避している要因に挙げられるだろう。

　中心までくれば、乗合馬車も走っていれば、荷馬車も停留所に停まっている。

　気を失っているタリッジを乗せなければならないことや、ブランディ家の屋敷まで帰らないといけないことを考え、荷馬車を一台貸し切り、キャビンにタリッジを横に乗せ、空いているスペースにエインズとソフィアが座った。

　陽が沈んでも賑わいが衰えない一般街区を通り抜け、キルク東部の居住区の石畳を走る。

屋敷の前まで来ると、リステや他のメイドが荷馬車の音で何事かと外に出てきた。

エインズは簡潔にタリッジの治療と、部屋を与えてほしい旨を伝え、リステ経由でエインズの頼みを聞いたカンザスがこれを了承。

治療が施されたタリッジをエインズとソフィアで運び、案内された部屋のベッドに寝かせる。その後、ダイニングへ向かいカンザスやライカとは少し遅い夕食を取った。

「それで、エインズ殿。運んできた彼は？」

「あいつって、タリッジよね？」

紅茶を傾けながら答えるのはライカ。

カンザスにとっては初めましての人物を娘が知っていた。そこに疑問を抱く。

「ライカ、彼を知っているのかい？」

「ええ。入学試験の時に見たんだけど、ダリアスの従者をしていた剣士だったわ。ほら、昨日の夕食の時に話した、エインズと打ち合った剣士よ」

カンザスは「ダリアス」という名前で眉がぴくりと動く。

「ダリアスといえば、ゾイン＝ソビの長子であるダリアス＝ソビのことかい？　そのソビ家のところの従者ってことかい？」

「そう記憶しているわ。まあ、エインズに負けて従者をクビになっていなければ、だけどね」

そうしてライカは再び、カップに口をつけ優雅に啜る。

頭の回転が速いカンザスは、すぐに現在の状況を判断し思わず頭を押さえそうになる。

「カンザスさん、彼を僕の従者にしたいんだけど、どうにかしてくれないかな？」

「エ、エインズ様⁉」

「エインズ、正気⁉」

ライカは試験でタリッジのその人となりを知っていたためエインズの言葉に驚きの声を漏らす。

ソフィアは、今日の火事の際に、何やらエインズに因縁をつけて自分とは離れたところで真剣を振り回していたところを見ていた。不服に思いながらもエインズの言うことだったため運ぶのを手伝ったが、まさか従者にするとは思いもしなかった。

「僕が冗談でそんなことを言うとでも？」

「昨日はあれだけあいつのこと嫌っていたし、そんな口元を汚したまま言われても、ね」

エインズの口元についたソースを見ながら、ぷっと笑うライカ。

凛々しく言って決めたつもりだったエインズは、恥ずかしそうに素早く口元をナプキンで拭い、続ける。

「昨日の敵はなんとやら、だよ。まあ、これはお願いでもなく決定事項だからね、カンザスさん」

カンザスを見やるエインズ。

対するカンザスとしては、あまりソビ家とはことを荒げたくはない。相互不干渉といったところか。

そこにソビ家従者の奪取は一歩間違えれば、政治的な弱みを握られることに繋がってしまう。

「エインズ、なんだかえらく強気なのね？」

ライカはいまだ疑問を解消出来ていない。エインズが答えてくれるかは別として、サンティア王国の侯爵家当主であるカンザスに対して、ここまで強引に交渉を仕掛ける理由が見当つかない。

「カンザスさん、僕は知りましたよ」

「？」

「今がどういった時代なのか。時の経過を」

エインズのそれは何の脈絡もない話だったが、カンザスは一瞬で汗が噴き出る。

カンザスの目線はエインズの横に座るソフィアに移る。対する彼女は、顔を伏せて座っている。

なるほど。その経緯は不明だが、彼女の何かしらの言葉をきっかけにエインズは点と点を結び付け、そして現状を理解してしまったのかとカンザスは察した。

カンザスの横に座るライカ。彼女はまだエインズの発した言葉の意味するところを理解しきれていない。だが、時間をかけて整理すれば理解出来ない娘ではない。

「加えて言えば、僕は政治にまったく興味がない。カンザスさんが何を思い、何を政治に利用しようが別に僕はどうでもいい。……だけど一線は引かないといけない」

「……」

カンザスは急激に体温が上がり、服の下で汗がしたたり落ちる。それでも表情は普段の穏やかなままま。多くの人間を見極めてきた、カンザスの炯眼がエインズのその天眼を見定める。

静かなまま、時が過ぎる。

カンザスとしては、別にエインズの要求を呑んでも問題はない。ソビ家とは将来的に衝突することは間違いない。であるならば、ここでエインズの要求を満たすことで、エインズに貸しを作りたい。

「エインズ殿――――」

限りなく、打算的な考えを隠した穏やかな声色でカンザスは話し始める。

「魔術師の領分に踏み込むことは絶対に許さない」

エインズの言葉に凄みはない。

食後のコーヒーを啜りながらカンザスに目を向けることなく話す。

だが、それだけでカンザスは言葉を続けることが出来なくなった。

自分が、原典の著者である『銀雪の魔術師、アインズ＝シルバータ』と誤った名で呼ばれていることを理解した上で、彼は魔術師エインズ＝シルベタスとして魔術の領分について語ったのだ。

つまり、その上でカンザスがそこに踏み込むということは、自ら死地に踏み込むということ。エインズがそこまで意図して言葉を発したのかは不明だが、少なくともカンザスはそう読み取った。

「……分かりました、エインズ殿。エインズ殿の客人は私の客人。同様にエインズ殿の朋友は私の朋友でございます。そのように図りましょう」

「本当ですか？　助かります、カンザスさん」

朗らかな表情で礼をするエインズ。

その優し気な表情には先ほどのような冷えた恐怖は感じられない。しかしもし、エインズの言うところの魔術師の領分を侵し、打算的に動こうものならカンザスは切られていたかもしれない。

カンザスの炯眼が彼にそう語り掛ける。魔術師エインズ＝シルベタスはカンザスを一つの道具として、手段として見ている節がある。それがダメになれば別に他を探せばいいか、と。そうして魔法・魔術以外のものを切り捨てる。

「……本当は何を意味して『魔神』と称したのでしょうね」

○

見た目は娘のライカとそれほど変わらない。所々その幼さが垣間見える。しかしその反面、所々浮世離れした思考も見え隠れする。

それは王国の貴族社会、伏魔殿を生き残ってきたカンザスすら恐怖を覚えるほど。

「何か言いました、カンザスさん？」

「いいえ、何も。王国への報告を考えていたところで、その他愛もない呟きですよ」

だが逆に、これで魔術師エインズの指標が一つ分かった。

回答によっては死んでいたというリスクを払ったことで、カンザスも得るものがあった。この指標を頼りにカンザスはエインズを利用し、さらに利益を得ることが出来る。

カンザスにとって、エインズは劇物。薬毒同源。諸刃の剣。

あとは、それを間違えないことだ。

カンザスの背中に伝った汗が気持ち悪く残った。

「そういうことだからソフィア、君の後輩だからね？　優しくしてあげなよ」

「エインズ様に因縁をつけ、剣を向けた人物ですのでいまだ消化しきれていませんが……。エインズ様がそうおっしゃるのでしたら私はそれに従うのみです」

「今のところ、タリッジの方がソフィアよりも身体強化もうまく使えているし、吸収できるところは多いと思うよ？」

「エインズ様をお守りする剣は私の一本で十分でございます！」

エインズの何気ない言葉で、タリッジへの対抗心を燃やすソフィア。

そうしてエインズはブランディ侯爵の了承を得たのである。

○

「……なるほどな。それでエインズは俺の便宜を図ってくれたから、こうして俺は今恥を晒せているってわけか」

タリッジが治療を受け、用意してもらった客間で眠っていた間に行われた処遇判断の一部始終をソフィアが説明した。

既に昼前ではあるが、タリッジがブランディ家当主のカンザスと言葉を交わしたのは、「好きなようにしてくれ」と一言だけであった。

そしてカンザスは聖遺物を手土産に、タリッジの一件をヴァーツラフ国王へ報告しに屋敷を出発したのだった。

「そうそう。感謝しなよタリッジ」

「おいタリッジ、『様』が抜けているぞ。貴様の命の恩人であるエインズ様を呼び捨てとは何事か！」

「堅っ苦しいな、この女……。俺の村にもいたぜ、こういう石頭の女。総じて行き遅れて腫物みてえになってたぜ？」

「な、なんだと、タリッジ貴様！　言って良い事といけないことがあるんだ。第一、私はお前をだな——」

顔を真っ赤にしながら、つらつらと高説を垂れるソフィアとそれを煩わしそうに聞き流すタリッジ。

そんなタリッジのミスマッチな服装にいまだ腹を抱えて笑っているエインズ。

そんな三人を傍から眺め、また変なのが増えたなと溜息をつくライカ。すでに彼女の中でソフィアは変な人物の仲間入りを果たしている。

「……でも流石にあれは似合ってないわよね」

それには傍に控えていたリステも同意した。

しばらく悩んだライカであったが、別に自分の従者でもないことに気づき、どうでもいいかと決断を放棄した。

第五話　立つ風波

場面は変わり、ソビ家の屋敷。

傍若無人なダリアスが脂汗を浮かべ、怯えた目をしている。

普段の彼を知る者が彼のこんな様子を見れば、人違いを疑い信じられないだろう。しかしそのどこか斜に構えたような顔つきとにじみ出る嫌味な雰囲気は間違いなくダリアスのもので、滅多に見ることが出来ない貴重な場面に、いい気味だと気分を良くすることだろう。

「はあぁ」

怯えながら直立するダリアスの目の前で、陽の光が差し込む窓を背に豪勢な椅子に腰を下ろしている人物が深く溜息をつく。

それだけでダリアスはびくっと肩を震わせる。

「ダリアス、お前につけた従者の……、なんだったか？」

「タリッジです、父上」

「そうだ、タリッジ。お前につけたとは言え、ソビ家に仕えていた人間だ。この一件はソビ家の一件として見過ごせない」

怯えるダリアスの前で、椅子に座りながら一枚のきめ細やかな紙で書かれた手紙を黙読していた人物は、ダリアス＝ソビの父であるゾイン＝ソビ。ソビ侯爵家現当主であり、裏の世界では王族よりも強い力を持つと言われている、傑物。

「従者を奪われる、……それもあのブランディ家に、だ。これを許せば私や先代らソビ家の立つ瀬がないのだ。だから私はヴァーツラフ国王へ告訴した」

ゾインは再度溜息を一つつき、目を通した上質な紙の手紙をひらひらとダリアスに見せる。それは一枚の紙。

ダリアスにはその内容がはっきりと見えるわけではないが、そこに書かれている文章は短い。

「それでどうして、こうして勅書が私のところに来るのだ？　うん？」

ゾインの言葉には苛立ちは込められていなかった。素直に疑問を口に出しているような口ぶり。

しかしそんな言葉すらダリアスには恐怖を覚えさせる。そもそもダリアスは父親から書斎に呼ばれた時点で震える程の恐怖を覚えている。これまでの経験がダリアスに条件付けを完了させてしまっている。

「勅書にはこう書かれている。従者タリッジの件は無条件に現状を呑め、と。国王ただ一人の署名程度であれば私は食い下がる。だが、ここにはリーザロッテ閣下の署名もあるのだ。これが意味することを、ダリアス、お前には分かるか？　うん？」

「……っ」

「分かるまい。分からず、私までも後手に回ってしまったからこういう状況に陥っているのだ。私が言いたいことが分かるか、ダリアス？　答えろ」

淡々と怒気を含むことなく、普段の会話のように言葉を紡ぐゾイン。

ゾインは眉間に皺を寄せることもせず、何ならその表情からは穏やかさすら感じさせるほどのもの。

「……僕はソビ家の英名に泥を塗ってしまいました、父上。どうにかこの汚辱を晴らすべく――」

「はあぁ。……ダリアス、違うのだ」

ゾインはゆっくりと、わざとらしく首を何度か横に振り、ダリアスの言葉を遮って続ける。

ダリアスはそんなゾインの一挙手一投足に不安で瞳が揺れる。

「ダリアス、お前はこの一件に絡む全てにおいて、その価値を見誤ったのだ」

ゾインはゆっくりと立ち上がり、後方の窓を見やる。

窓から覗く太陽は高く昇っており、じっと窓際に居れば汗ばむ程の陽気。

ゾインが手に持つ勅書は無詠唱で燃やされ、灰がはらりと替えたばかりの絨毯に落ちる。

これだけのことできっとゾインは書斎の絨毯をまた取り換えるだろう。だがその程度の些事をゾインは気にも留めない。

「勅書にリーザロッテ閣下の名前が書かれたことが意味することは、私がどれだけ食い下がろうが国王は私の意見を全く聞かないことに加え、これ以上食い下がれば家ごと潰すぞという脅しなのだ」

古参貴族のソビ家現当主の私をだぞ？　とゾインは冷ややかに笑う。

「つまり、ソビ家とそこに絡む王国の裏の顔を敵に回す以上の脅威をブランディ家に感じたということだ。ここに我々への譲歩はない。そして逆を言えば、その脅威をブランディ家、カンザスは手に入れたのだ」

では、その脅威はなんだ？　と、ゾインはダリアスに背を向けてカーテンを閉め、日光を遮る。

「タリッジだ。いや、正確には彼に絡むもの、だ」

「せ、聖遺物、でしょうか？」

ダリアスは恐怖に掠れた声で答える。

タリッジはエインズとの打ち合いの末引き分けに終わったが、その内容を見れば互角なものではなかった。剣士としての実力、ソビ家の従者がブランディ家の従者に実力的に敗れたという結果だけが残った。

その挽回策としてタリッジがスラム街で見つけた、本来ダリアスのもとへ持ってくるはずだった聖遺物。それがブランディ家に渡った。

無尽蔵に魔力を生成する聖遺物。それはサンティア王国においてかなり希少価値のあるものだ。使いどころによっては金銭的価値以外に、政治的価値を見出すことも十二分に可能。

日光が遮られ、薄暗い部屋にソビ家当主のゾインとその息子ダリアスの二人だけである。

二人には広すぎるゾインの書斎の広さ。

その調度品のどれもがダリアスには冷たく見える。

「聖遺物など手土産にすぎん。カンザスが献上しなかろうと状況は変わらん。奴は聖遺物という分かりやすい言い訳をヴァーツラフ国王に用意したのだ」

ゾインは棚の上に置いてある透明なショットグラスに蒸留酒を注ぎ、その独特な樽の香りを楽しむ。

「タリッジが連れていた荒くれ者らは全て火災で死んだと聞く。ならば彼に絡む者は誰だ？　ダリアス、お前は知っているはずだ」

「……ライカ＝ブランディ。いえ、その従者の、たしか……」

「エインズという名、らしいなその従者は」

ゾインはエインズと顔を合わせたことがない。

ならばこの人はどこでエインズのことを知ったのだろうかと、ダリアスはゾインの情報網に恐れた。それと同時に父上ならばそれくらい不思議ではないかもしれないとも思った。

「エインズの存在はリーザロッテ閣下を動かす程の脅威、価値を持った人間だったのだ。ダリアス、お前はまず相対したエインズの価値を見誤った。そしてエインズを連れたライカ嬢、ブランディ家を見誤った」

ゾインはショットグラスに入った蒸留酒を呷る。

その強いアルコールがゾインの喉を焼く。そして鼻を抜ける香り。その余韻を楽しみながらゾインは続ける。

「閣下が脅威に感じるエインズという者、それが固執したタリッジの存在。お前は自らの従者であったタリッジの、その価値を見誤ったのだ」

薄暗い部屋の中、穏やかな表情のゾインがその瞳を冷酷に冷たく光らせる。

「ダリアス、お前は間違いなくソビ家、王族、ブランディ家の三つ巴の関係のバランスを動かしたのだ。正確には、これまで優勢に振れていたソビ家への天秤を逆転させたのだ」

ゾインはそっとグラスを棚に置き、体重を寄せる。

「ダリアス、私に兄弟が多くいたのを知っているか？　うん？」

「い、いえ。お、お母さまからそのようなことをうっすらと聞いたことがあったかもしれないといったのだよ、とゾインはさらっと答える。

「そして、もういない。ソビ家は代々、当主以外の兄弟は短命でな、なぜか」

ダリアスはまるで極寒にいるかのような寒さに身体を震わせる。

ゾインのその眼差しが、そして書斎に並ぶ調度品が、歴代の当主の肖像画が、ダリアスを囲む。

ダリアス＝ソビであるが、まるでそこには一族の温かみはない。

「の、呪い……」

一歩後ずさりながらダリアスは言葉を無意識にこぼす。

そんなダリアスの言葉を聞き、ゾインは広い書斎で大きく笑う。

「ふはは、あはははは。呪い。正にそうだな。仕組まれた呪いだな」

そしてすぐにすっと普段の顔つきに戻るゾイン。

笑った表情のお面をその顔から取り外したように、一瞬で笑みが消え去るゾイン。

そして、面の下から覗くその表情はおよそ家族に、息子に見せるような表情ではなかった。

「ダリアス。別に私、いやソビ家はお前が『短命』でも構わんのだよ」

ダリアスの膝は完全に笑ってしまっており、ぺたりと無様に尻餅をつく。

そんな様子を、歴代ソビ家当主の肖像画が見下ろしている。そして同様にゾインはダリアスに対して路肩の小石でも見るような冷たい眼差しを向ける。

四方八方から死神の黒い眼差しがダリアスを貫く。

過呼吸になり、胸を押さえながらダリアスがゾイン＝ソビを見上げる。

「……私は、生命は尊いものだと思っている。無用な殺生は良くない。だがな、お前の母親がお前の弟、もしくは妹を孕んだ時」

ゾインの穏やかな声色は、甘ったるい呪詛のようにダリアスの耳に届く。

「────、お前はソビ家の呪いを受けることを意味するぞ？　うん？」

「いや、タリッジ殿の件、なんとかなりましたよエインズ殿」

その日の夕食の席で、カンザスは口火を切る。

午後に登城したカンザスは、ソビ家従者のタリッジを主人の同意もなしにブランディ家へ招き入れたこと、これに対して申し開きしにいったのだ。

相手は国王陛下であるが、この一件は我ながら強引な交渉をしなければならないと覚悟したカンザスはエインズから譲り受けた聖遺物を手土産に、国王陛下に対して、この交渉における一つの逃げ道、言い訳を用意していた。

しかしこの一件はカンザスが登城する前に何かしら整理がついていたようで、彼が予想していた以上にすんなりと意見が聞き入れられ、建前だけの注意を少し受けただけで実質一切のお咎めもなしという肩透かしな結果に終わった。

「これで何の憂いもなくタリッジは僕の従者になれた訳だ！　感謝しなよ、君が今こんな豪勢な食事にありつけるのも僕のおかげなんだからね」

「口元にいっぱいパンくずつけながら誇らしげに言われてもなあ。なんか締まらねえんだよな、この主人はよ」

タリッジはテーブルマナーも気にせず、ガチャガチャと音を立てながら料理に手をつけ、ワイングラスを手づかみで握り、一気に喉へ流し込む。

「貴様はもう少し品を身に付けるべきだ。貴様の恥はエインズ様を辱めることに繋がるのだ。そのことを重々認識した上でだな――」

静かに最小限の音で食事を進めるソフィア。

エインズ、ソフィア、タリッジの三者三様。そんな彼らの様子を笑いながら眺めるカンザスはエインズに尋ねる。

「そういえばエインズ殿、そろそろ魔術学院の合格者発表が行われ、実際に学院に行けますが、その後どうですか？」

カンザスが聞いているのは、魔術学院にエインズが価値を見いだせたのかというところだ。

エインズは先の入学試験で、およそ学院のレベルは知れた。

そのためエインズの魔術学院に対する興味が薄れ、ライカの従者として学院へ通わないという判断を下してしまったのではないかとカンザスは懸念しているのだ。

「それなんですよね……。確かに試験を見たところ、僕が行ったところであまり意味がないのでは、と思うんですけど、講義を一つも見聞きせずに判断を下すのも早計かな、と」

つまりは最低でも一度は講義を確認し、どの程度の教育レベルなのかそしてどれほどの内容を教えるのか、知っておきたいということだ。

「魔術学院の学食は美味しいって聞くわよ？　エインズにしたら、そっちの方が魅力的かもね。わたしもずっと気になっているのよ」

ライカは、そういえばと思いだしたように、エインズに学食の評判の良さを教える。

「確かに。私も学生の時に学食に通っていたが、その当時から美味だったね。まあ、多くの王族貴族の子息令嬢が学院に通っていたため、料理の質を彼らの水準まで高めたって噂だね」

そういった理由で、料理人が学食料理に腕によりをかけているという噂がさらに噂を呼び、サンティア王国の料理人のいわば登竜門のような場所となった。魔術学院の学食で数年勤めあげた料理人は、料理の道で大成すると言われている。

よって自ずと年々その料理の質が高まってきているのだ。

「学食は基本的に学生のみが利用でき、その親ですら学院のイベントの時以外は利用出来ないくらいところでね、随分と前から予約されるほどらしいんだよ？　もちろん、学生優先みたいだけどね」

と、カンザスは結んだ。

エインズは興味津々に、頭の中で想像して口内に溢れ出る唾液を飲み込むほど。

「あと気になっていることと言えば、それほど裕福な家庭ではない学生のその知識の源が知りたいんですよね。昨日、ソフィアと一緒に王都西部を散策してみたけれど、収穫はタリッジだけだったし」

「タリッジは、収穫に入るのでしょうか？」

「てめえ、喧嘩売ってんのか？」

売り言葉に買い言葉。ソフィアとタリッジはすぐに口喧嘩を始めるが、エインズはそれを無視する。

王都キルクは散策するには広すぎる。

そのため、エインズの気になっていることを解決するとなると、手っ取り早いのが直接学生に話を聞くということである。

そうすれば無駄骨を折ることもなく、目的を果たせる。

「エインズ殿がライカの従者として学院に通ってくださるなら、これ以上心強いことはないのですが」

「まあそれは実際に魔術学院に行ってみてのお楽しみですね。それに、まだライカが合格したとは決まっていないですよ」

エインズは皮肉めいた顔でライカを見つめるが、一方のライカは試験内容に自信満々であるためエインズの軽口に微動だにしない。

「なに？　もしかしてエインズ、そんなにわたしの下で馬車馬のように働きたいの？」

かえって反撃される始末。

ライカの口撃に辟易するエインズを見て、彼女は噴き出して笑う。そんなライカに釣られてエインズも噴き出す。

そんな二人を穏やかに眺めながらカンザスはリステに注いでもらった紅茶を口にして落ち着く。

エインズが巻き起こした、王都キルクを襲った一夜の嵐はこうして落ち着きを取り戻したのだった。

しかしそれも一時の落ち着き。魔術師がいる所、荒立つ時は台風並みに荒立つものである。

エピローグ

そこはアインズ領自治都市、銀雪騎士団の拠点の一室。

外のドアには騎士団長という札がかけられている。

「失礼します、ガウス団長」

銀雪騎士団の一人がドアを数回ノックした後、ガウス騎士団長の部屋に入る。

そこには書類を山積みにした机に向かって筋骨隆々の男、ガウスが一人座っていた。

短く整えられた髪に鋭い目つき。口元に髭を生やしたガウスは纏う装束の胸元を開けさせており、鍛え抜かれた立派な大胸筋が露わになっている。溢れんばかりの風格が、相対する者を威圧する。

「おう、どうした?」

ガウスは部屋に入ってきた騎士に目を向けることなく、山積みの書類の一つにペンを走らせる。

インクによりガウスの右手は真っ黒に汚れているところを見るに、長時間に渡って彼が机に向かっていることが窺えた。

アインズ領におけるトラブルの解決、政(まつりごと)を銀雪騎士団が全て担っている。そのため、追われる決済書類はやっつけても増える一方。

資料の中身を読み、精査する。要否判定を下し、その結果の記載と合わせてガウスの名を署名する。

正直なところ、精査せずともガウスが署名するだけで山積みの書類は片づけられる。しかしそのような体たらくをしようものなら、アインズ領をここまでの領地として築き上げた聖人エバンやシリカにあの世で顔向け出来なくなってしまう。

加えて『銀雪の魔術師』アインズ――――今の時代に降り立ったエインズに合わせる顔がなくなってしまう。そんな使命感から、ガウスはこれまで以上に熱心にアインズ領の政に取り組んでいた。

そんなガウスは目下、腱鞘炎の痛みを耐えながら手を休めることなく、部下の報告に耳を傾ける。

「キルクにいますソフィアからの手紙にございます」

「なに？　ソフィアから？　あいつ、とっくに王都に着いていただろうに連絡一つ寄越しやしない。今更どうしたって言うんだ？」

ガウスは部下から手紙を受け取ると、部下を下がらせた。

封筒を開けると、そこには紙が数枚入っており、王都に無事到着したことと、到着してからこれまでのことが書かれていた。

ソフィアの几帳面な報告に目を通していくガウス。字には人の性格が現れるとよく言うが、正にその通りだなとガウスはソフィアの綺麗な文字を見て改めてそう思った。

それからしばらく、ガウスの部屋には紙がめくられる音だけが響いた。

「……そうか。エインズ様は認識してしまったか。……ソフィアめ、あいつは昔からここ一番のところでヘマをしていたな」

エインズを前に口を滑らせてしまったことも報告に書かれており、ソフィアの育ての親でもあるガウスは思わず頭を抱えた。

そしてブランディ侯爵と協力関係になることに対し、エインズが同意したこと。これにより今後ガウスの元にブランディ侯爵が訪れるかもしれないとも書かれていた。

それはつまり、これまで閉鎖的だったアインズ領がブランディ侯爵を門戸に外と交流を図ることを意味する。

アインズ領の政を担っているガウスには、これがどれ程の影響をもたらすか容易に想像できた。

アインズ領の情報はほとんど外部に漏れていない。外部に伝えた内容は、原典の内容のみである。それも、原本を悠久の魔女が副本化することで広めたにすぎず、アインズ領は原典の一部を開示しただけにとどまる。

原典は一冊だけではない。正確に何冊から構成されているか不明だが、紛失してしまったものもいくつかある。

アインズ領が保管している原典を、エインズの回答如何によってはいまだ外に開示していない内容を一番に入手する権利をブランディ侯爵家は得たことになる。

現在開示された内容だけで、サンティア王国の魔法文化はこれほどまでに発展した。隣国のガイリーン帝国とは比にならない程である。

王族とソビ家、ブランディ家の三つ巴の関係が大きく変化することを意味する。

「均衡は崩れたか……」

ソビ家当主ゾイン＝ソビはガウスが知るほどに有名な人物である。頭の冴えるゾインであればまず状況の整理を徹底的に行うだろう。そしてそれは、ソビ家の天秤が不利な方に振れたことに考えが行き着くだろう。

その状況をどのように引っくり返すか。その手段はガウスの考えも及ばないところではあるが、間違いなくアインズ領に対してマイナスに働くだろうことだけは想像できた。

「幸いなことに、ゾインが状況を整理する間の時間的猶予がある。この間に領内で態勢を整える必要があるな」

ガウスの目の前、机の上で山積みになっている書類よりも幾分もこちらの方が重要度は高い。今すぐにでも書類を机からほっぽり出したいところではあるが、並行して処理しなければならない。

「……今回の腱鞘炎は長く続きそうだな」

ははは、と渇いた笑いを漏らし、ガウスは一人再び書類の決裁にペンを手に取る。

普段であれば、王国の裏の支配者であるソビ家を相手取ることは避けるところではあるが、二千年の時を経て顕現した銀雪の魔術師エインズ、その本人に仕えることが出来る。それだけでガウスの心は高ぶっていた。

主君たるエインズが進む道にガウスは、銀雪騎士団は付き従うのみ。

その日は、夜遅くまでガウスの部屋に明かりが灯っていたという。

王族、ブランディ侯爵家、ソビ家の三つ巴の均衡は瓦解した。

王族には、『悠久の魔女』リーザロッテ。

ブランディ侯爵家には、『魔神』銀雪の魔術師エインズ＝シルベタスとアインズ領自治都市。

ソビ家は得体の知れぬ暗然とした力を備えている。

三大巨頭のうち王族側とブランディ侯爵家側には、世界に干渉し、その理を歪ませる術を持つ、魔術師が絡んでいる。

嵐は間違いなく巻き起こる。無差別に、巻き込まれた人物はその人生を一変させる。

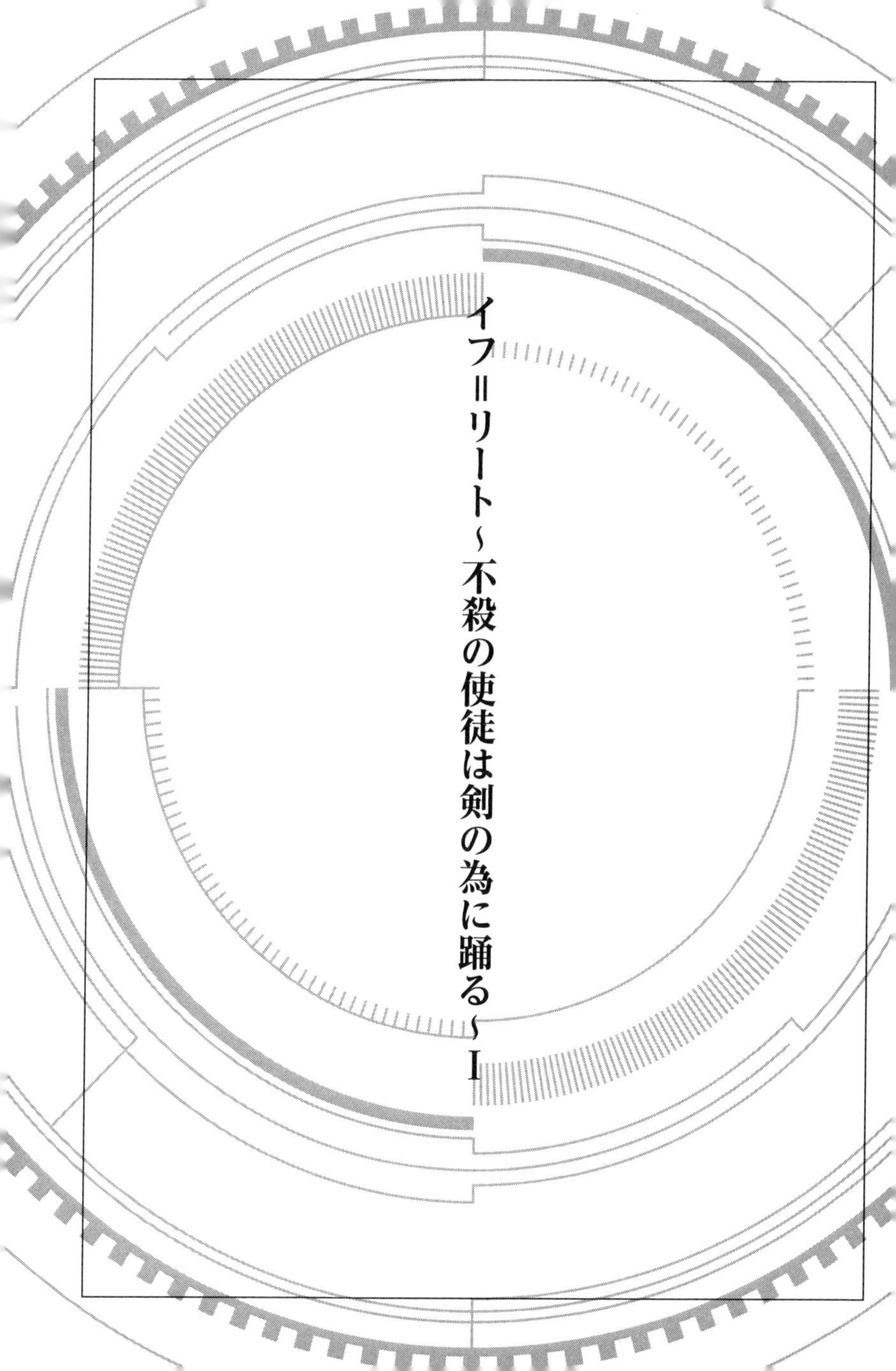

イフ＝リート～不殺の使徒は剣の為に踊る～Ⅰ

「いたいよー！」

歳(よわい)にして三、四歳くらいであろうか。幼い男の子が母親に抱きかかえられながら泣き叫ぶ。

息子を抱きかかえた母親は、あやしながら子どもの頭を撫でる。

「使徒(しと)様、この子の怪我は治るのでしょうか？」

母親が目線を落とす先には、不気味なほどに赤黒く腫(は)れあがった息子の脚がある。

触らなくても激痛が走り、そよ風が患部(かんぶ)を撫でるだけでも男の子は痛みに涙を流してしまう。

不安げに目の前の黒髪の青年を見やる母親。

「ええ、大丈夫ですよ。お母さん、安心してください」

黒髪の青年は母親の不安を払拭させるべく、意識して優しい表情を向ける。

そんな青年の優し気な目尻を見て胸を撫でおろす母親を横に、青年は痛みに泣きわめく男の子に声をかける。

男の子の目線に合わせるようにして、かがんでふんわりと頭を撫でる青年。

「待たせてごめんね、痛かったよね？　よくここまで我慢できたね、えらいえらい」

青年は子どもの患部をちらりと確認すると、触れない程度に手をかざす。

「限定解除『強奪による慈愛(エナジードレイン)』」

青年、母親、そして母に抱きかかえられた男の子がいるこの部屋を覆い隠さんばかりに大小さまざまに色鮮やかな植物が花を開いている。

丁寧に水や栄養を与えられた植物らは瑞々しく生き生きと咲き誇る。

そんな花に囲まれた三人。

青年が言葉を紡ぐと、花々が一斉に踊るように淡い光を発しながら小さく揺らめく。

「すぐに終わるからね。良い子だからもう少しの辛抱だよ」

患部をかざしていた青年の右手も花々と同じ淡い光を発する。

「いたい、いたい。いた――」

泣き叫んでいた男の子も、青年の不思議な光に痛みも忘れて目を奪われる。

「ほら、終わったよ。よくがんばったね」

赤黒かった男の子の脚はきれいさっぱり元の健康的な肌色に戻っており、腫れもすでに引いていた。

青年は患部だった箇所を優しく撫でながら男の子に「いたい？」と尋ねるが、男の子は何が何やら分からない様子でただただ首を横に振るばかり。

「お母さん、痛みも無くなったようです。よかったですね」

かがんでいた青年は再度、母親に向かい合うようにして椅子に座り直す。

さらさらな黒髪をなびかせ、にこやかに笑う青年。

「ほ、ほんとうに……、今の一瞬で治ったんですか？」

「ええ、完全に治りましたけど、心配なら数日様子を見てみてください。何か異変がありましたらすぐに来てくださいね？　何をおいてでもすぐにご対応しますよ」

「……いえ、使徒様がそこまでおっしゃるなら……。使徒様のお言葉を信じます。ありがとうございました！」

勢いよく頭を下げる母親。涙を浮かばせながら頭を下げる母親を下から覗き込むように男の子は視線を向けていた。

「いいんですよ。これが、僕が出来るたった一つのことなんですから」

慌てて頭を下げる母親を制する青年。

それから少しして母親の方も落ち着いたらしく、若干充血した目をしていたが浮かんでいた涙は引いたようだった。

「それで、お代なんですが……」

申し訳なさそうに話し始める母親。

「ええ、いただけますか？　もらえないと僕が困ってしまうのです」

「でも、本当なんですか？　てっきりでたらめな噂話だとばかり思っていたのですが……。これではあまりにも……」

母親が心苦しそうに話していたのは、息子の治療にかかった代金についてである。

痛みはなく、完治までにかかる時間も一瞬。そこらの冒険者が持っているポーションでも、完治までにはそれなりの数が必要になってくる重症である。

それらを踏まえ、この青年が行ったその治療、その価値の高さが窺える。

微笑を絶やさず、静かに母親が代金を出すのを待ち続ける青年。

母親は覚悟を決めたように、持ってきていた簡素なカバンに手を突っ込み、代金を青年に渡す。

「……はい。たしかに受け取りました、ありがとうございます。ではお大事になさってくださいね。

今日は長くお待たせしてしまってすみませんでした」

「いえいえそんな！　使徒様には感謝の気持ちしかございませんよ」

母親は椅子から立ち上がり、再度青年に向き頭を下げる。

完全に脚の状態が戻った男の子も、苦も無く母親の膝から下りて支えも要らない様子で自分の力だけで立った。

「それじゃあ、帰ろっか」

「うん！」

今すぐにでもそこらを走らんばかりに元気に立っている息子の様子を嬉しそうに眺める母親。

「おにいちゃん、ありがとう！」

男の子は満面の笑みで青年に感謝の気持ちを伝える。

「元気になれたみたいでよかったね。これで大好きなかけっこもたくさんできるかな？」

「おにいちゃんもかけっこ、だいすきなの？」

「おにいちゃんはどうかなー……。昔から得意じゃなかったかな？　よく転んで怪我ばっかりしていたよ」

苦笑いを浮かべながら男の子の質問に答える青年。

立った姿は細身で、ぱっと見たところ運動が出来ないようには見えない。だが本人が言うのだからそうなのだろう、青年は昔の苦い思い出を思い返して乾いた笑いをこぼした。

「それじゃあ、ぼくとかけっこしたら、ぼく、おにいちゃんにかてる？」

「勝てるかもね。もしかしたら転んで怪我して泣いちゃうかもしれないよ？」

「そしたらこんどはぼくが、おにいちゃんのいたいのをなおしてあげる！」

「それは嬉しいなあ！　ぜひよろしくね？」

青年は少しかがんで男の子の頭を撫でる。

「今日は本当にありがとうございます。では、失礼します」

「ええ。気を付けてお帰りください」

青年に対し手を振り続ける男の子と、そんな息子の手を引っ張って歩く母親は部屋のドアの前で最後にもう一度頭を下げて後にした。

植物に囲まれた中に残るのは青年一人。

「ふぅ……。今日はあの子で最後かな？」

腕を上に伸ばし、凝り固まった身体をほぐす青年。

花々が醸し出す匂いに心までもほぐされる。

「リートさん、失礼致します」

先ほど親子が出て行ったドアがノックされ、外から女性の声が聞こえた。

「うん、どうぞ」

リートと呼ばれていた青年は上げていた腕を戻し、女性を部屋へ招く。

「リートさん、今日は以上になりますけど……」

「うん？　何かあったの？」

難しそうな顔をする女性に背を向け、オレンジ色に咲く花が植えられているところへ向かうリート。

「いえ、リートさんが患者さんらに求める『代金』なんですけど、本当にこれでいいんですか？」

「いいんだよこれで。というより、これじゃないと僕が困るからね」

「それでも重軽症（じゅうけいしょう）を問わず、治療の『代金』がお花一本だけなんて……」

まるで理解できない様子の女性の視線の先には、先ほど親子から『代金』として貰ったオレンジ色に咲く花を植えるリートがいた。

リートが勤めるここ、診療所は一般に開放された施設である。ここガイリン帝国は冒険者の街、一般開放されているとはいえその多くは冒険者である。それゆえ冒険者ギルドが診療所の運営資金を援助しているのだ。

冒険者が回れば依頼数や依頼遂行に繋がる。そうなればギルドも冒険者も依頼者も潤う。好循環が生まれるのだ。

リートの給料も冒険者ギルドから出ている。とはいえ、治療の度合いによって各患者がその対価に見合う代金を支払うことになっている。それでも冒険者ギルドの援助もあり、低費用でその恩恵に与ることができるのだ。

「これで、よし！　君にもしっかりお水をあげるからね」

植物に覆われた部屋は、日光が取り入れやすいように、壁の一面、天井の一部がガラス張りになっている。

置かれた椅子やテーブル、書類業務用の机は全て質素なもので、丈夫さだけが売りのようで装飾に一切のこだわりはない。全体的に金のかかっていない部屋の中で、唯一高価そうなものがあった。

リートは机の後ろに置いていた、かなりの装飾が施された高価なジョーロを手に持つと、これまた一般的な部屋の中にはない井戸ポンプで汲み上げた水をジョーロの中へ注ぐ。

透き通ったきれいな水質の水は、細かく穴が開けられたジョーロの先からオレンジに咲く親子から貰った花に優しくかけられる。

水をあげすぎても良くないので、リートはそのまま横に移動しながら植えられた花々に水をかけていく。

「……リートさんがそう、おっしゃるのなら」

にこにこしながらジョーロを傾けるリートを後ろから眺めることしかできない女性。

リートの他の医師は治療の代金を金銭で受け取っている。

「用件はそれくらいですか？」

水をかけながら女性と話をするリート。

「いえ……、その……。リートさん、この後のご予定とか、……ありますか？」

頬を赤くさせ、もじもじしながらリートに尋ねる女性。

「ごめんね。この後、予定があるんだよ。お食事のお誘いだったのかな？」

水をあげ終えたリートは、ジョーロを戻すと帰り支度を始める。

「そ、そう、だったんですけど。予定があるんだったら、仕方ないですよね」

女性は誘いを断られたショックを誤魔化すように苦笑いを浮かべながら言う。

「また今度にでも」

リートは革鞄を持つと、急ぐようにして部屋を出る。

「あ、あの！」

「うん？」

その背中を女性は呼び止める。

「さ、参考までに、なんですけど……。いつもリートさん、予定があるみたいですけど……、どんな予定なのかなー、……とか。お付き合いされている女性の方とデートなのかなー、……とか」

この女性のリートへの食事の誘いはこれが初めてではない。これまでも何度と誘ってきたのだが、その度にリートに「ごめんね、予定があってね」と断られているのだ。

女性は覚悟を決めてリートに尋ねたのだ。リートの答え次第では女性の心は粉々に打ち砕かれてしまうのだが。

「デートとかではまったくないんだけどね」

それを聞いて、最悪の結果を聞かずに済んだと女性はほっと一安心する。

だが、

「出来立ての夕飯を妹に作ってあげるために、帰りを待ってないといけないからね」

「……え？」

「いつも妹は帰りが遅いみたいだから、心配なんだよね……。最近は冒険者を始めたみたいでさ、長い剣なんか持ち始めちゃって。怪我とかしていないか気が気じゃないんだよ」

「……夕飯は妹さんと当番で交代したりするんですか？」

「いや、違うよ。毎日僕が作ってるし、これからも僕が作るかな」

「……」

何も言えない女性。

「だからごめんね！　また今度、予定がない時にでも！」

そう言い残し足早にリートは部屋を出たのだった。

「……それって、予定がない日が、ないってことなんじゃ……」

ぽつりと漏らす言葉を聞く者は誰もいない。

リートのまさかの理由に、女性は花々に囲まれた中で「……あぁ、いい匂い」と呟きながら心の中で涙を流すのであった。

○

「ただいまー。……って、まだリーリアは帰ってきていないか」

リートは自宅のドアを開けながら部屋に向かって声を投げるが向こうから返答はなかった。

築年数もけっこう経っている木造の住戸はリートの職場から少し離れている。

というのも、妹のリーリアが冒険者になるということで、冒険者ギルドから近い物件をわざわざ選んだからである。

リートの給料的に何不自由なく妹リーリアを養えるほど貰っているが、根からの貧乏性が染み付いているのか、贅沢をすることに抵抗がある。ここよりも質と価格ともにより高い物件も他にあり、リートの懐事情でも手が届くくらいのものだったが彼の性格がここを選んだのだった。

一階建の平家で、ダイニングの他に部屋は二つある。それぞれをリートとリーリアの部屋として使っている。

床を歩くと、わずかに木が軋む音が聞こえるが、穴が開く気配もなく幸いにも天井からの雨漏りも発生していない。

リートは自室に戻り、簡単な部屋着に着替えるとすぐにキッチンに向かう。

「これも昔じゃ考えられないものなんだよな……」

手元のスイッチを押すと、簡単に火が点く。原理としてはカートリッジ式に魔石をはめ込むことによって使用できる魔道具の一種である。

鍋に水を入れて火にかける。

その間に野菜や肉を切り分けながら、前菜とスープの下ごしらえをする。

前菜や肉料理に関しては、時間が経つと冷めたり傷んだりするため、リーリアが帰ってきてから本格的に作り始める。

リーリアの帰りまでにスープを作り終えれば後は待つだけだ。この魔道具があれば再度温め直すことも容易であるためリートとしてはかなり助かっているところである。

「あの子の他にも、今日もたくさんの人がきていたよな……」

鍋の水が沸騰するのを待ちながらリートは今日の患者らについて思い返していた。

リートの職場は、この辺りでは少し大きめな診療所である。

回復魔法を習得している魔法士が数人働いており、リートもその中の一人として働いていた。

しかし、リート以外の魔法士たちは簡単な回復魔法しか扱えず、軽症であれば治癒できるのだが、重症の患者に関しては彼らの手に負えない。

そうなると、重軽症問わず対応できるリートのもとへやってくる患者が多くなることは当然のことである。

どれだけ待ち時間がかかろうが、予約がなかなか取れなかろうが彼らはリートを選ぶ。少し値が張るポーションやかなり高価なハイポーションを購入して治療するよりも、花一本渡せば完璧に治してくれるリートを選ぶのは至極当然。

そのせいもあり、ポーションの値が以前よりも下がっていることはリートのあずかり知らないところではあるが。

「やっぱり冒険者はかなり危険な職業なんだよ」

リートのもとにやってくる大半の患者は冒険者をしていて、クエストの途中で魔獣によって負傷した者たちばかりである。

大量に失血した者もいれば、骨が折れている者、肉を破られ骨まで見えてしまっているようなあまり直視できない怪我を負っている者など様々である。

そんな、冒険者を連日対応しているリートとしては尚更冒険者が危険な職業であると認識してしまっているのだ。

「リーリア、大丈夫かなぁ。怪我とかしていないかなぁ。……まさか途中で動けなくなってしまっているとか!?　いやいや流石にそれは心配しすぎかな、ははは。……でも、ないとも、言いきれないんだよなぁ……」

いつもこうである。

食事の準備をしながらリートは、リーリアが帰ってくるまでその安否を心配する悶々とした時間を過ごすのである。

「っ!　いけないいけない、もう沸騰していた!」

はっと我に返ると、目の前にはボコボコと激しく沸き立つ鍋。

すぐに火力を下げ、具材を入れていく。

野菜や肉を入れ、簡単に鍋を混ぜてから蓋をして弱火でじっくり煮込む。

コップにお茶を入れ、一応四人かけることができるダイニングテーブルに一人座る。

「はぁ……」

座ってやることといっても、リーリアの無事を祈るだけのリート。

成人を迎えたリートに素敵な相手がいないのも、彼のこういう過度に妹を大事に思う性格があるからだろう。

見目も良く、優し気な雰囲気。ほとんど他人に怒りを覚えたり妬んだりすることもない出来た性格をしている。

そのためこれまでも複数の女性から言い寄られることがあったリートだったが、その全てを断ってきた。

彼には彼女らと交際する時間がない。なぜなら、リーリアのことを考えている時間でいっぱいだからである。

「それに冒険者は荒くれ者が多いって聞くし……。リーリアはとっても可愛いから、絶対にちょっかいをかけられてしまうよね」

溜息が尽きないリート。

しかしこれはリートの考えすぎである。

リーリアがリートの妹であることは、冒険者ギルドの中では有名である。

そして、リートが重度のシスコンであることも。

そのためリーリアにちょっかいをかけようものなら、今後クエスト途中で負った怪我をリートに治療してもらえなくなることは容易に想像され、なんなら他の冒険者であっても治療を一切しないと言い出すかもしれない、とまで彼らに考えられている。

だから、どれだけの荒くれ者だろうが、冒険者ギルドに所属する者たちはリーリアに対して一切の不可侵を暗黙の了解としているのだった。

リートがちょびちょびと啜るようにお茶を飲んでいると、玄関のドアが開く音がした。

「ただいまー」

投げやりに言い放つのは、件(くだん)のリートの心配の種である妹・リーリア。

リートは飛び上がるように椅子から立ち上がると、リーリアのもとへ駆け寄る。

「おかえりリーリア。遅かったじゃない？　何かあったの？」

ドアを閉めて疲れた表情で肩を軽く回しながら中に入ってくるリーリアを、頭の先から足の先まで入念に確認していくリート。

「……何かって？　何もないよ、ただ疲れただけ」

リーリアはそっけなく返しながら、そそくさとリートの脇を通ってダイニングに向かう。

そんなリーリアの背中を追いながらリートはまだ心配する。

「本当に大丈夫？　怪我とかしていない？　……もしかして、毒とか？　お兄ちゃん、解毒もできるからなんなら今すぐに――」

「もう、しつこい！　いつもいつも心配しすぎ。私だってもう子どもじゃないんだからね」

リーリアは溜息をつきながらどっかりと椅子に座る。

「リーリア、まず手を洗わないと。病気になってしまうよ？」

「はぁー……」

リートに促され、リーリアは深く溜息をついて仕方なくといった感じで椅子から立ち上がる。だがそれでも兄の言うことはしっかりと守り、言われた通り手を洗う。

その様子を見ながらリートはスープの火をつけ、前菜とメインの肉料理を作り上げる。

「もう少し待ってて、リーリア。温かい方がおいしいから」

「ん」

相も変わらず兄に対し興味を持たない、そっけないリーリアに苦笑いしてしまうリート。

それでもリーリアには美味しい料理を食べてもらいたいと、リートはせっせと準備を続ける。

リーリアは、背を向け料理を作るリートの背中をちらりと一瞥する。

少しして盛り付けられた皿がダイニングに並べられる。

食欲をそそられる匂いを湯気と共に飛ばす熱々のスープ。ソテーで仕上げた肉料理に彩り鮮やかな前菜。

「さ、できたよ！　食べようか」

最後にパンをテーブルに置いてリーリアに向かい合うようにして座るリート。

「いただきます」

「……いただきます」

ぶっきらぼうに、ぼそりと呟くリーリア。

兄のことは邪険にしながらも、きっちりするところはきっちりとする。リーリアは真面目で性格も良い子なのだ、と改めて思うリートだった。

「……な、何を笑ってるの？　気持ち悪いんだけど」

そんなことを思っていたリートは自然と顔に出てしまっていたのか、気づかぬうちに笑ってしまっていたようで冷めた目で見てくるリーリアに指摘されてしまう。

「いや、なんでもないよ」

「ふんっ」

リーリアもそれ以上追及するつもりもないようで、そこからはただリートが作った出来立ての料理に目を落とすだけ。

兄妹揃っての食事だがそこに会話はなく、ただただ沈黙の中わずかに互いの咀嚼音が聞こえるだけ。

だがそこに気まずさはまったくない。安心感という言葉で表現するのも変だが、自然な空気がそこに流れている。

リーリアは兄の作った料理に対して、美味しいなどの感想を口にしない。兄の手料理に対して何か言うことに恥ずかしさがあるのだろうか、感想を言葉にはしないが料理を口に運ぶたびリーリアの顔が綻（ほころ）ぶ。

（幼い頃と変わってリーリアは感情を表に出すのが不器用になったなぁ。……それとも、僕にだけ？）

リーリアの態度は冷たいものではあるが、完全な拒絶といったようではなさそうだ。リートが感じているのはどちらかと言えば、無理にリートを突き放しているような雰囲気。

リートとしてはリーリアに、冒険者としてどのような一日を過ごしているのか聞きたい限りではあるが、一方のリーリアは話したがらない。

見る限り、冒険者としての生活はそれなりに危険が多そうだが、それでもリーリアはそんな生活を充実しているようにも思えるので、リートは下手に口を挟まない。

話したい時に話してくれればそれでいい、とリートは思っている。ただ、心配の種は尽きないのだが。

リートと同じその黒髪は短く切り整えられており、艶のある髪は一本一本真っすぐに垂れて梳（と）かす必要もないほどである。

若干きつめな目をしたリーリアは、初対面の人間にはその目つきのせいで抵抗感を感じさせるのだが、接してみればその目つきとは反対にとても優しいものである。

そのクールな外見と優しい内面のギャップにやられる男どもも多く、密かに思いを寄せる者もいる。

そんな優しさをここ数年見ていないのは兄であるリートだけである。

リーリアは剣士として前衛を担っているため、その運動量も多い。エネルギーの消費も激しくリートが作った料理もあっという間に平らげてしまうほどである。

それなりの量を食したリーリアだが体型はスレンダーに維持している。うっすら見て分かる筋肉は鞭(むち)のように滑らかな剣術の中で磨き上げられたものであり、同じく細身であるリートよりも筋肉量はリーリアの方が上である。

今ここで掴み合いの兄妹喧嘩が始まったとするならば、間違いなくリートはコテンパンにやられてしまうだろう。

「……ごちそうさまでした」

リーリアは小さく呟いて、自らの食器を流しまで持っていき自分で洗う。

別に自分で洗うようリートが言ったわけではないのだが、リーリアとしても兄に毎日食事を作ってもらっていることに感謝しているのだろう、最低限自分のことは率先して自分でやるようにしている。

そんな兄に対して表現が不器用な背中を、リートは愛おしく眺めるのだった。

「あ、そうだ。リーリア」

「なに？」

食器を洗いながら耳を傾けるリーリア。

「明日なんだけどさ、僕ちょっと朝早くに家を出るからね」

「そ。なんでわざわざそんなこと私に言うの？」

「いや、リーリアが朝起きて僕がいなかったら不安になるよね？　だからあらかじめ伝えておこうかな、って」

「別に何とも思わないし。変な妄想やめてよね、……気持ち悪い」

淡々と話すリーリアにリートは少しショックを受ける。

「いや少しはお兄ちゃんのことを思ってくれても……」

「……」

今度は無視をするリーリア。だが自分でも少しきつく言い過ぎたと感じたのだろうか洗っていた手が一瞬止まる。そしてすぐに止めた手を動かすリーリア。

そして洗い終えた食器を並べ、手を拭いてから自室へと向かう。

「私もう寝るから。別に朝早く出かけてもいいけど、静かにしてよね。私明日は休みだから、寝ている時に大きい物音立てられると鬱陶しい」

リートがそれに答える間もなく、リーリアは自室へと消えていく。

ぽつんと一人残されたリートは少しの間立ち尽くし、静かに空になった食器を洗って自室で眠るのだった。

○

次の日の朝。

昨晩リーリアに言われていたので、静かに身支度を整えたリートは足音を立てないようにゆっくりと歩く。

だが、それなりの築年数の家ということもあり、どれだけ注意していようが床は軋んでしまう。

時々軋んだ音を立ててしまい冷や汗を流してしまうリートだったが、リーリアは熟睡しているのか目覚めた気配はない。

「ふう……」

息をついて家から出るリート。

ドアを開けた先に心地よい朝日がリートを出迎えてくれる。

大きく深呼吸をしてから目的地まで向かうリート。

診療所とは逆方向に歩くリート。職場へ向かう前にどこかに立ち寄るようだ。

朝ではあるが、通りにはぽつぽつ人が歩いている。

すれ違いざまに明るく挨拶を交わすリート。

畑の世話をしてきたのだろうか、元気に歩くおじいちゃんがにこやかに新鮮な果物をリートへ差し出した。

「使徒様、いつもありがとうね。ワシが元気に今でも畑の面倒をみれるのは使徒様のおかげじゃ。これ、ワシのところで採れたものだから食べておくれ」

「ありがとう。とってもおいしそうだ！」

頭を下げて受け取ると、リートは歩きながら赤い果物にかじりつく。

瞬間口いっぱいに広がる果汁。爽やかで酸味のあるその味は眠気も一発で吹き飛ばすほど。

爽やかな朝日を浴びながら食べる果物は格別で、リートは口いっぱいに頬張る。思わず口から溢れそうになる果汁を手で押さえながら飲み込んだ。

ほどなくしてリートは目的地にたどり着いた。

建物には、冒険者ギルドと看板が立てかけられていた。

「リーリアには言えなかったけど、ギルドで妹の様子でも聞けたらと思って、来てしまった」

やはりリートとしては心配なのだ。

なにせ毎日患者として診療所にやってくる冒険者を見ていると、いつリーリアが患者としてやってきてもおかしくない。

それに妹がギルドに迷惑をかけていないだろうかとも思っているリートである。

ドアをノックしてゆっくりと開けていくリート。

冒険者ギルドのドアをそのようにして開ける者は皆無であり、なんならギルド内の喧噪でそのノックも聞こえないだろう。

「どうも、失礼しまーす……」

リートは冒険者ギルドに初めて立ち入る。そのため、小心者のリートは及び腰になりながら窺うようにして中へ入っていく。

「あん？　なんだ？」

誰かがギルドに入ってきたとドアの方に目を向ける冒険者が数人椅子に腰かけている。

テーブルには朝だというのに酒瓶が何本も転がっており、すでに出来上がっているようだ。

「どうも、こんにちは」

目が合った冒険者に会釈をするリート。

「お、おう……」

目を見開いてリートを見ることしかできない褐色の男。

その横でそんな褐色の男の様子が可笑しかったのか、ハゲ頭の色白の男が腹を抱えて笑う。

それもそうだ。虫も殺さないような優男が突然冒険者ギルドに入ってきたかと思えば、冒険者らは誰もしない挨拶を初対面の者にまでやり、やられた自分の横に座る冒険者仲間が却って驚いた表情を見せているというのだ。

これが笑わずして何になる、と言わんばかりに大きく笑うハゲ頭。

多くの冒険者が集まり各々が交わす言葉で生まれた喧噪の中で、ハゲ頭の笑い声が一段大きく、他の冒険者にまで届く。

「どうした？」

「なんかあったのかよ」

「どうせ新人をからかっているんじゃねえのか？　ま、面白そうだから見てみるか」

わらわらと多くの冒険者が褐色の男と色白のハゲ頭、そしてリートに注目する。

「お、おい！　あれって……」

「あん？　あのすぐに魔獣のエサになってしまいそうな男をお前、知ってんのかよ」

彼らを少し離れたところから見ていた一人がリートに気づく。

そしてそれは、リートのお世話になった者やリートが使徒様と呼ばれていることを知っている情報通もその存在に気づくことになる。

「……あそこに立っているのは『使徒様』だぜ」

耳打ちするように知らない者に教える傍観者の一人。

「……『使徒様』っていうと、花一本で重傷すら一瞬で治してくれるっていう、あの使徒様か？」

「……そうだぜ、あの人がいなかったら今冒険者を続けられている俺たちの何人が死んでいたことか……」

「そんな人がどうしてここになんか来たんだ？」

こそこそと知っている者は知らない者に、リートがどのような人物なのか、そして自分たちは彼にどれだけ助けてもらっているのかを耳打ちするのだった。

褐色の男が目を見開いて驚いたのも、彼はリートのことを知っていたからである。もちろん、冒険者ギルドには似合わないひ弱な態度に挨拶と、自然と目を向けてしまう要因もあったにはあったのだが。

「そんで使徒様っていうと、リーリアの兄貴だぜ」

「リーリアって、最近腕を上げてきている剣士か？」

「ああ、クールに見えて優しい、あのギャップがやばくて可愛いリーリアの兄貴だ」

「……お前、リーリアのこと好きなんだな？」

そんな傍観者らの耳打ちはそれから次第にざわざわとし始める。

そんなざわめきが色白のハゲ頭に自分が注目されているのではないかと勘違いをさせてしまった。

見るからに優男のリートをどう面白おかしくからかうか周りが注目していると、一発優男に冒険者ギルドの怖さを見せて泣かせてやろうと考えるハゲ頭。

周りの目を見てから得意げに椅子から立ち上がる、ハゲ頭。

動きをわざと大きくして、リートに威圧するように近寄るハゲ頭。

そこで隣にいた褐色の男ははっと気づく。

「おい、やめておけって！　その人は……」

褐色の言葉にハゲ頭はリートを見下ろしながら鼻で笑う。

「はっ！　なんだ、こんな成人して間もなさそうなガキ相手に本当にビビってしまっているようだな！」

そんな異変を感じさせるハゲ頭の言動に周りは焦り始める。

「……まさかあいつ、知らないのか？」

「……おい誰か、あのハゲを止めろ！」

そんな言葉も虚しく、ハゲ頭はとうとうリートの肩を小突いてしまったのだった。

「いてっ」

いきなり小突かれたことで、足をもつれさせながら後ろに尻餅をつくリート。

「…………やってしまった」

周りの傍観者らは、冒険者の一人が今目の前で使徒様の不興を買ってしまったところを見てしまったのだ。

そして彼らはそんな行動を止めもせずただただ囲んで見ていただけ。

そう使徒様に思われても仕方がない状況に、顔を青くさせながら後ずさる。

「おっと、大丈夫かガキ？　突然尻餅ついたってここじゃママは助けてくれないぜ？」

周りの様子に得意になるハゲ頭。

「一人で立てるか？」

尻餅をついたリートに手を伸ばし差し出すハゲ頭。

その手を掴もうとするリート。

だがハゲ頭の差し出された手はそのまま横に振られ、リートの左頬をペチンと軽く叩く。

「一人で立てるか聞いただけで、手を貸すなんて俺は言ってねえぜ？」

左頬を押さえながら苦笑いするリートに、ハゲ頭は段々とノッてくる。

「どうしたガキ。やり返さねえのか？　そんなんじゃ、ここでやっていけないぜ？」

「……いや、僕はちょっと教えてほしいことがあってここに来ただけで……」

「あん？　声が小さいんだよ。なんて言ってんだ？」

左頬をさするリートに顔を近寄せるハゲ頭へ、後ろからとうとう声がかかる。

「ここでやっていけなくなるのは、てめぇの方だ！」

ハゲ頭の後頭部に褐色の男の肘が叩き落される。

「ぐあっ！」

床に伏せるように倒れ込んだハゲ頭を抑え込むように身体を乗せる褐色の男。

「おい！　このクソ馬鹿野郎を奥の方に連れていけ！」

いまだ顔を青白くさせたままの傍観者らに言葉を投げる褐色の男。

だが、使徒様を小突いたうえにその頬を平手打ち。そんな状況に足がすくんで動けなくなってしまっている冒険者たち。

「てめえらもこのクソ馬鹿野郎の仲間だと思われていいのか!?」

と褐色の男。

それでやっと、はっとして動き出す冒険者たち。我先にとハゲ頭のところまで駆け寄り、その手足を掴んで引っ張っていく。

「お、おい！　離せよ！　俺が何をしたっていうんだ。ただガキをからかっただけじゃねえか！」

床に引きずられながら悪態つくハゲ頭に、引っ張っていた一人が顔面を蹴りつける。

静かになったハゲ頭はそのまま奥の方へと消えていってしまった。

「使徒様、申し訳ねえ！　いつも俺たちを助けてもらっているってのに、こんなくだらねえことに巻き込んでしまって。使徒様が突然来て、びっくりしすぎて動けなかったんだ、あの馬鹿を止めるのに間に合わなかった！　って、これも言い訳にしかならねえな」

「いや、あの」

リートの声を聞かず、褐色の男は身に着けていた短剣を床に置き、両手を広げてリートに無抵抗に胸元を開く。

「さあ好きなだけやってくれ！　虫のいい話だが、気が済むまで使徒様の好きなようにやって、このことを出来たら許してほしい！　頼む！　俺たちには使徒様の救いがなけりゃやっていけねえ……」

目を伏せながら話す褐色の男にリートも戸惑ってしまう。

「そ、そんなことはしないよ！　僕は別に彼に対して怒っていないし、許すも許さないもないんだよ！　だから、そんな覚悟した顔をしなくてもいいって」

左頬を叩かれたなら叩き返すのではなく、次に右頬を差し出す。そんな性格の優男であるのだ、リートという黒髪の青年は。

「ほ、本当か？　だったら、これからもこれまでのように治療してくれるのか？」

「もちろん。それが僕にできるたった一つのことなんだから」

リートは腰を上げ、尻餅をついて汚れたズボンを手で払ってから褐色の男のもとへと歩み寄る。

そして男が床に置いた短剣を拾い上げ、

「だからこの短剣はしまっていいよ」

とにこやかに男へ渡したのだった。

そんな始終を見ていたその他冒険者たちは、ハゲ頭の愚行を使徒様は許してくれたのだと判断し、歓喜の声を上げた。

「うおぉぉおお！　よかった！　まじでよかった！」

「ああ！　あの馬鹿が暴走した時には、もう荒っぽい活動も終わりかと覚悟したけどよ！」

「やっぱ使徒様は違うぜ!!」

と、場は大盛り上がり。

さらには酒を頼みだす者も現れ、すでに宴会を開くような空気感となってしまっていた。

一方のリートはというと、

「彼、大丈夫かな？　なにか晴らしたい鬱憤があるんだったら僕で良ければ聞いてあげるんだけどな」

と叩いてきた相手を心配する有様。

「……なんで使徒様は、怒らないんだ？」

褐色の男の質問に一瞬考える素振りを見せたリートは「別にいいか」と呟いて答える。

「僕は誓って、誰に対しても怒ったりしないようにしていてね」

「怒らない、誓って……？」

男は理解できなかった。

言葉の意味は理解できるが、だからといって怒らないことを誓ったという目の前の使徒様と呼ばれる青年の胸の内を。

「そう、誓約って言えばいいのかな。……まあ、忘れてよ。僕がここに来たのは妹について聞きたいことがあって」

立ち上がった褐色の男とリートは、先ほどまでハゲ頭が座っていたテーブルに席を共にした。

その周りをリートの世話になった者らが囲み、彼の質問に次々答えていくのだった。

「使徒様の頼みだ！　なんでも聞いてくれ！」

「おい、ここに使徒様がお座りになられたんだ！　……ああん!?　さっさとこっちに酒を持ってこいって言ってんだよ！」

そう言っている自分が飲みたいという気持ちもわずかにあるだろうが、それでも囲んでいる多くの者も、いつも助けてもらっているリートのために役に立ちたいという一心で計らっているのだ。

「いやこの後仕事があるので、お酒はちょっと……。皆さんで好きなだけ飲んでください」

と、却って腰につけていたポーチから硬貨を取り出してテーブルに置くリート。

「そ、そんな……。そこまでしてもらって、俺たちは……」

そんなリートの振舞いに涙ぐむ者まで現れる始末。

「突然きて、妹のことを教えてほしいだなんて僕の方が非常識ですから。そうですね……、これは情報料として受け取ってください」

とリートを囲う者らが十分に酒を飲めるだけの硬貨が、すでにテーブルの上に置かれている。

あまり贅沢をしないリートだが、こういう時に使う金には糸目をつけないのだ。

「それで、冒険者ギルドでの妹の様子なんですけど……」

リートの質問に懇切丁寧に答え続ける冒険者たちであった。

〇

「それじゃ、皆さんありがとうございました！　お酒は程々にしてくださいね！」

ギルドの出入り口ドアを開けて、手を振るリート。

徐々に昇りつつある太陽の光がリートの背後からギルド内に差し込み、ある程度酒が入った冒険者たちはまるで後光が差しているように見え、本当に神様の遣いかと思ったのだった。

それからリートが普段歩きなれている道に戻り、診療所へ向かった。

ギルドで妹の様子を聞いていたリートだったが、思った以上に時間が経ってしまっていたようで急ぎ足で街を駆ける。


「おはようございます」

なんとか時間内に間に合ったリートは診療所の職員と挨拶を交わしながら、彼のために設けられた部屋へ向かうのだった。

「ん？　その箱はなんですか？」

その時、見かけない箱を開け中からたんまり入った硬貨を取り出す女性職員が目に留まった。

「あ、リートさんおはようございます」

「おはようございます」

振り返って挨拶をしてきたのは、昨日というかこれまで何度とリートを食事に誘ってきていた女性職員だった。

「それで、この箱はなんですか？　僕はじめて見るんですけど」

「これは最近置かれるようになった寄付金箱ですよ」

「寄付金箱？　そんな、わざわざお金を診療代以上に払いたい方がいるんですか？　なんかちょっと、申し訳ないですねえ」

と、複雑そうに眺めるリートだが、箱から出てくる硬貨の多いこと。お金に余裕があるのだろうかと思うリートであった。

「……いえ、診療代が安すぎて申し訳なさ過ぎて居たたまれないだとかなんとか。これまでも勝手に硬貨を置いて帰られる方が大勢いらっしゃったのですよ。それでそれならばと……」

と答える女性職員だが、寄付金箱が置かれるようになった原因はリートで間違いないのだ。

なんでも花一本で済ませてしまうリートに却って患者らが申し訳なくなってしまうのだ。大金は払えないけれども、気持ちだけでもと彼らのわずかな硬貨が次々に箱に入れられ、結果定期的に取り出さなければいっぱいになってしまうようになったのだ。

「まあ、これまでもそうだったんでしたら良いかもしれないですね。ただあんまり目立つところに置くのはだめですよ？　なんだか強制しているようで良くないですし」

「もちろんですよ、リートさん」

そして、この寄付金からリートの給料は出されているのだ。

彼らが届けたい気持ちは使徒様、リートに対してのもの。であるなら、リートの給料は彼らが入れた寄付金から出すべきである。

本人は寄付する人間の心持ちも何も知らないのだが。

「それじゃ、ジルナさん。今日もお願いしますね」

「はい！　すでにリートさんのところの予約はいっぱいで打ち切られているほどです。今日も大変ですが、よろしくお願いしますね！」

女性職員――、ジルナは微笑んでリートに頭を下げる。

「僕じゃありませんよ。今日もがんばってもらうのは彼女らですよ」

リートは仕事前に装飾が施されたジョーロで植えられた花々に水を与えていく。

昨日少年からもらった花も元気に咲いているようで微笑ましく思うリート。

「ではリートさん、時間になりましたので」

「はい、わかりました。早速案内して。……どうぞ」

ドアをノックする音に応えるリート。今日も忙しくなりそうだと覚悟するリート。

それから数時間後。

昇り始めていた太陽もすっかり傾き、オレンジに西日が差し込んでおり、並んでいた患者らも皆帰って今日のリートの仕事が終わった。

「ジルナさん、今日もお疲れ様でした」

「はい……、お疲れ様でしたリートさん」

治療にあたるリートももちろん忙しいのだが、大勢の患者を段取りよく捌くジルナも忙しいのだ。

問診表を山のように抱えたジルナを背にリートがジョーロを片手に水を撒いていく。

それを眺めながらジルナはいつものように、ただダメ元でリートに声をかける。

「リートさん、今日はお食事どうですか？」

「ごめんね、今日も予定があってね。残念だけど……」

「ええ、分かっていましたよ。妹さん絡みの予定なんですよね？」

「ええっ⁉　ジルナさん、僕が言っていないのにどうして分かったんですか？」

「はは、まあ。なんとなく、ですかね」

と答えるジルナだが、昨日リートに予定を聞いた答えがまさかのリートの妹の帰りを待つというものに、普段の彼の予定も妹さん絡みだと簡単に推測できたのだ。

「ですからジルナさん、申し訳ないですけどまた今度にでも」

「ええ、ぜひとも」

その今度は来ないだろうな、と思いながらも笑顔で答えるジルナ。

そんないつもと変わらない二人のもとに、リートの部屋をノックする音が聞こえた。

「誰でしょう？　もう今日は終わったはずですが……」

ジルナがドアに手をかける前にドアが開けられる。

「おいリート、来てやったが中にいるか？　……お、いたか。無駄足を踏まなくて済んでよかったぞ」

「だ、だれですか、あなた！」

急に入ってきた女性に驚きを見せるジルナ。しかも妙にリートに馴れ馴れしく話しかけているところを見て要らぬ想像をしてしまう。

「ジルナさん、彼女は僕の知り合いといいますか……」

「なんだリート。妾とお前との関係はそんな浅いものではないだろう？　夜も語り合った仲じゃないか」

「よ、よよ夜もっ⁉」

夜に男女が語り合う。しかも目の前の女性はなんだか妖艶な雰囲気を醸し出している。そんな女性が口にする「語り合う」という言葉がピロートークであるのでは？　と想像してしまうジルナであった。

だが、彼女がいるとも聞いていない。ではこの女性はリートにとってどのような女性なのだろうか。

「…………」

と自分の世界に入り込み、頭の中の内容をぶつぶつと呟いてしまうジルナ。

「おい、リート。この女、なかなか面白いやつではないか。妾の好みのタイプだぞ？」

「それよりどうして、ここにきたのですかリー――」

「……ライザ、だ。リート。妾の名前はライザだ。お前もそう呼んでくれたら嬉しい」

「すみません、ライザさん。それでどうしてここへ？」

しおらしく謝るリート。

「いや、なんだ。久しぶりにお前と食事がしてみたくなってな。それにリーリアにも久しく会えていなかったしな。今日はお前の都合はどうだ？」

「ええ、そういうことでしたら大丈夫ですよ」

「……」

いまだ自分の世界に入り込んでいるジルナは二人の会話が耳に入っていない。

だがそれはジルナにとって救いで、もしリートの返答を耳にしていたなら自分の誘いは断られたのに、この女性の誘いは受けるのかと心を木っ端に粉砕されるところだっただろう。

「ジルナさん、それでは僕たちは帰りますね」

「……へあっ⁉」

頭の中でああでもない、こうでもないと何の答えにも帰結しない押し問答を繰り広げていたジルナは、リートからの呼び声に意識が現実に戻ってきた。

「え、ああ。リートさん、帰るんですか。お疲れさまです」

「ジルナさんもお疲れさまです。それじゃライザさん、行きましょう」

「うむ。久しぶりのリートの手料理は楽しみだな」

「……ん？」

ジルナを置いて二人は診療所を後にする。

残されたジルナは今何か決定的なことを聞いた気がしたのだが、その前段階の内容を聞いていなかったこともあり、リートとライザ二人の関係の尻尾を捕まえることが出来なかった。

今日も今日とて診療所に置かれた寄付金箱には大量の硬貨が入っており、ずっしりと重くなっていた。

一人で持って運ぶのも一苦労な寄付金箱を金庫へ持っていきながら、それでも本能的に何か危機感を感じ取っていたのか冷や汗が垂れた。

○

診療所を後にしたリートとライザ二人はゆっくりと街を歩き帰路につく。

「それにしても、お前もガイリン帝国に馴染んできたな。てっきりサンテ王国の方が生活しやすいと思ったんだがな」

ライザは、ちらほら道を歩く冒険者らを眺めながらリートに話しかける。

「ええ。生活水準としてはサンテの方が良いんですけどね、その基盤が魔法や魔法士によって出来上がってしまっていまして……」

「まあ、お前は王国において異物よな。魔法とは異なる強大な力を持っているからな」

「まあ、そうですね」

「王国の魔法士、特に自らを魔術師と呼称する人間は自尊心の塊だ。お前の力は多方からのやっかみも激しいだろう」

「……」

ライザはちらっとリートを横目に見る。

しかしリートの表情は変わらず、ライザの言葉に何も感じるところはなさそうだ。

「……妹か？」

「ええ。リーリアは僕と同じく魔法の適性がないですから……。魔法技術による生活水準が高いがゆえに魔法適性のあるなしによる生きやすさ生きづらさというものがあるんですよね……、これは仕方がないですが」

リートは少し上を見上げながら、幼少期の頃を思い出していた。魔法はもちろん、魔術も扱えなかった無力で存在感もないただの民草だった自分。

妹や他人はもちろん、自分すら救えないほど無力だったどうしようもない自分。

「だが今は違うだろう。お前は驕らないな」

「それは僕の魔術の在り方で表していると、思います。……僕の力ではないですが」

リートの魔術、『強奪による慈愛』。他者の魔力を強引に奪い、それを癒す力に変える。

リーリアが死に瀕した時、リートの魔術をもって救えたのだ。

その際にリートは魔術に目覚めたのだが、昔のことでもあり妹を救えた喜びだけが強く印象に残り、誰の手助けを得て魔術が扱えるようになったのか覚えていない。

自分の力だけで魔術に至ったわけではないのは確か。

自身の魔術についてリートはライザに相談してみたが、どこか察しがついている彼女でもリートへ『魔術に至らせた人物』について教えることはなかった。

「魔術は畢竟、個人の欲望によるもの。つまり『自身のための力』が一般的である中、リートお前の魔術は特別だ。自分のためではない、他人のため、他人を救うための魔術。これまでお前と接してきた妾は分かる。お前の魔術、その在り方はまさにお前を表しているな。なるほど、だから驕らないのか」

ガイリン帝国は冒険者の国。優れた刀工に優れた鍛冶技術はもちろん、冒険者が日々クエスト後の楽しみとしている蒸留酒も質が高い。

途中、ライザは行きつけの店なのであろうか普段からそうしているように酒屋へ足を運んだ。リートは酒を飲むことが滅多になく、酒屋に入ることはほとんどなかった。ライザと共に店に入ったリートは新鮮な気持ちで中を物色する。

同じような酒瓶に、容量も変わらない酒でも値段が倍も違っていたり、小瓶でも容量が倍以上ある酒よりも値段が数倍するものも並んでおり、リートには理解できない世界であった。

ライザはその中から吟味して、一本の酒瓶を選んだ。貧乏性のリートが驚いた値段がついたそれだったが、ライザは至極普通の表情で代金を支払った。

「寄り道をしてしまったが、お前の料理に酒がないのは考えられん。焼き立てのパンにバターが付いていないのも同然だ。いや、……違うな。剣に鞘がないのも同然、……いや、――」

と、良い例えを出そうとしていたライザであったが、しっくりくるものではないようで、何度と言いかえて、挙句にはぶつぶつと考え込んでしまった。

そんな些細なことに拘っている、いつもは豪傑なライザの姿に、リートは笑いが込み上げてくる。

「いいですよライザさん。僕の料理を褒めようとしてくれているのは分かりましたから。ありがとうございます」

容姿が整っているライザの考え込んでいる姿も映えるし、言葉が思いつかず少し気落ちした姿も愛らしく目を惹かせる。

「そ、そうか。まあ、そういうことだ。妾はお前の料理をすごく楽しみにしていることだけは分かってくれ」

リートは再度ライザに感謝し、家に戻るのだった。


家に辿り着き、リートを先頭にドアを開け中に入る。

「リーリア、戻ったよー！」

ダイニングに姿が見えないため、おそらく自室にいるのであろうリーリアへ向けて声を張る。

しかし奥からは何の返答もない。

ライザがいる手前で兄としての威厳がない姿を見せてしまい、リートは苦笑いを浮かべた。

「お前たちの関係も変わらんな。まあ、リーリアも多感な時期なんだろう」

目尻を下げながらリートを見つめるライザ。

「リーリア、いるか？　久しぶりに夕飯に与ろうと思ってきたのだが」

ライザが部屋の奥へ向けて声をかけると、リーリアの部屋の方からバタバタと慌てた音がした。

そして勢いよくリーリアの部屋のドアが開けられ、玄関まで駆け寄ってくる。

「ライザさん！　ひさしぶり!!」

駆けた勢いそのままに、リートを押しのけライザの胸へ飛び込むリーリア。

よろけるリートを見る素振りもなく幸せそうな顔でライザに抱き着くリーリア。

「冒険者になってたくましくなったと聞いていたが、まだまだ子どもだなリーリアは」

リーリアのさらさらした黒髪を優しく撫でるライザ。

それを心地よさそうに受けるリーリア。

「ライザさん！　今日は遅くまでいるの？」

「うーん、どうだろうな。まあ、この酒が無くなるまではいるつもりだぞ」

ライザは途中で買った酒瓶をリーリアに見せながら答える。

「えー！　だってライザさんお酒すぐ飲んでしまうもん！　もっといてよ。なんだったら泊まっていってほしいな！」

まるで飼い主に甘える猫のように上目遣いでライザを見上げるリーリア。

「リーリアと話をしていると楽しくて酒が進んでしまうからな。リーリアが静かにしていたらもっと長くいられるぞ？」

「やだやだやだ。いっぱいライザさんと話す！　でもいっぱい一緒にいて」

「分かった分かった。とりあえずもう離れないかリーリア？　中に入れないいじゃないか」

それもそうか、と照れ笑いしながらライザから離れるリーリア。

ダイニングテーブルに着き、ライザと椅子をくっつけるようにして横に座る。

「お兄ちゃん、そんなところで何しているの？　早く何か作らないと！　お酒の肴がないとライザさんが困るでしょ！」

よろけた兄を心配することは一切なく、さっさとライザのためにつまみを作れと指図するリーリア。

「……かなしい」

「なに？」

思わず心の内を吐露してしまったリートだが、声が小さく聞き取れなかったリーリアは怪訝な表情で聞き直す。

「……いや、なんでもないよ。すぐに作るから待ってて」

と、リーリアへ顔を向けるがすでにリーリアはリートを見ておらず、ライザの顔ばかり見つめていた。

「これリーリア。もう少しリートに優しくしてやったらどうだ？　妾はお前とリートが仲良くやってる方が嬉しいぞ？」

ライザの肩に頭を寄りかけさせているリーリアを撫でながら子どもに言い聞かせるように優しく伝える。

「ライザさんがそう言うなら……、……今日だけ」

「ははは。まあ、いい。妾が一緒にいる時だけでもそうしてくれると嬉しい」

リートと接する時とは違い、棘も毒も抜かれたリーリアの姿は、幼少期のリートにべったりだった時の彼女を連想させる。

懐かしいその様子にリートは顔を綻ばせながら手を動かし、食材を切り分けていく。

そうしてリーリアが自身の近況や他愛もないことをライザに延々話し続け、ライザも優しくリーリアを見つめながら相槌を打って聞き続ける。

リートは二人の楽しそうな会話を聞きながら動かす手を止めない。

（……きっと母さんが生きていたら、こうだったんだろうなぁ）

リートらには両親がいない。

二人とも人間で木の股から生まれたわけでもなく、もちろん父母は存在していた。

だが彼らは貧しい村の出。

搾取に貧困、盗賊の襲撃等々挙げればキリがないくらいに彼らの生活は死と隣り合わせなのだ。

そんな死と隣り合わせの生活で、いつまでも平穏が続く方が珍しい。リートとリーリアの両親は二人が幼い頃に亡くなってしまった。

リーリアは両親の面影すら覚えていないだろう。リートは薄っすらと母親らしき女性がいた記憶が僅かながらに残っている。髪の長さはどれくらいで、つり目だったのか、たれ目だったのかすら分からない。印象も明確な姿も分からず、靄が集まり人の形を成した姿でしか記憶に残ってない。

それでも、母親が幼い頃にいたことは覚えていた。

父親は知らない。リートの記憶にも残っていないところからするに、母親が亡くなるよりも前にすでにこの世から去っていたのだろう。

それからは貧弱すぎる足だがリートは自分の足で立ち、そしてリーリアを支えながら生きてきた。

父親を知らず、母親もよく覚えていないリートだが、ただ一人、この世にいる肉親であるリーリアだけは、必ず守ると幼いながらに心に誓ったのだ。

貧弱すぎて何度も足を折りながら、砕けながらも、それでも心だけは折ることなく、リーリアには何不自由させまいと、ここまで邁進してきたのだ。

死と隣り合わせの生活で、身寄りがない幼い二人は普通は生きていけるはずがない。リートは幸運だった。

手を差し伸べてくれた人物のことを覚えていないけれど、リートは魔術に目覚めた。それは、妹リーリアを救える力だった。

心が折れかけた時も数多にあった。もうその場から動けない程に絶望に飲み込まれたある時、不思議な巡り合わせの中で、出会ったライザに助けてもらった。

ライザとリートの付き合いは深く長い。魔術師であるリートの境遇、彼が進むべき道を理解しているライザとの結びつきは固い。

「出来上がったよー。ライザさん、どうぞ。ほらリーリアも！　いつまでもライザさんにくっついていたら食べられないだろう？　離れて離れて」

リートは完成した料理をテーブルに置きながら、リーリアに椅子の位置を戻すよう指示した。

「むっ！」

反射的にきつくリートを睨みつけてしまうリーリアだったが、隣でライザがわざとらしく咳払いをしたため、はっとして抑えた。

すごすごとライザから離れるようにして座り直すリーリア。

ライザの言葉はリーリアには効果てき面だな、と苦笑するリート。

「おお！　今日はいつになく豪勢じゃないか、リート」

「ええ、久しぶりにライザさんが寄ってくれましたので。張り切りました」

リートは目を輝かせながら自分が作った料理を見つめるライザに照れながら、二人に向かい合うように座る。

「ライザさん、グラスはいらないんですよね？」

「ああ、不要だ」

酒瓶の栓をポンッと開けると、ふわりと甘い香りとアルコールの臭いがリートの鼻にまで届く。

ライザは無詠唱で氷のグラスを作製し、その中にお酒を手酌する。

「ほわー！　いつ見てもライザさんが作るグラスって綺麗！　いいなー」

黄金色をした蒸留酒が、彫飾（ちょうしょく）された透き通った氷のグラスに入れられると、光の反射でテーブルに華やかな模様を成して黄金色の光を落とす。

「氷だから溶けてしまうぞ、リーリア？」

「ええー。もったいない！　なんか時間を止めておく魔法とかないの？　ライザさんならそんな魔法知っていたりしないの？」

子どもっぽい表情でライザへ純粋な質問をするリーリア。

「……さあ、どうだろうな。魔法の世界は広いからな、リーリアの求める魔法もあるのかもしれんな」

ライザは含みのある微笑みをこぼしながら一献（いっこん）傾けた。

香気（こうき）が鼻を通り、舌の上で転がすように味わう。

「ふむ、この酒は当たりだったな。さて、冷めないうちにリートお手製の料理をありがたくいただこう」

「……いただきます」

リーリアもライザの横で小さくつぶやいてフォークとナイフを手に取る。

「どうぞ召し上がれ」

切り分けた料理を口に運び、咀嚼しながら口元を綻ばせる二人を見てからリートもフォークを手に取った。

「美味しいぞリート。当たりの酒にお前の料理は、これまで様々な料理を食してきた妾でも唸ってしまうほどよ。妾専属の料理人にしてもよいなぁ」

酒もあり上機嫌になるライザに照れるしか出来ないリート。

「どうだ、リーリア。美味しいだろう？」

「…………うん、おいしい」

ライザの問いかけだったため、リーリアは兄の目を見ず恥ずかしそうに漏らす。

「リ、リーリア！」

随分と久しぶりに料理を美味しいと言ってくれたリーリアに感激してしまうリート。

「う、うるさい。食事中なんだからだまって」

ふんっと顔を背けるリーリア。若干ながら彼女の頬は赤らんでいた。

だが、リーリア自身ライザと会話を楽しんでいる。彼女なりに恥ずかしさを誤魔化しているつもりなのだろう。

三人が席を共にした夕飯は賑やかなものになったのだった。

○

「……リーリア、もう寝たらどうだ？」

「うーん……。まだ、ライザさんと……しゃべる……」

夜も深まっていき、マシンガンのように話し続けたリーリアは話し疲れたのだろう、目がトロンとして瞼が重くなっていた。

それでも久しぶりに話せるライザとまだ一緒に時間を過ごしたいようで、舟をこぎながらライザの横に座り続ける。

「リーリア、また近くお前に会いに来るぞ？　焦らずともお前の話なら全部漏らさずこの耳に聞いてやる」

すでに半分眠っているリーリアの頬を優しく触れながら声をかけるライザ。今日はリーリアのためにも酒を飲むペースを抑えたようで、普段ならすでに瓶が空になっている時間帯だが今日はまだ三分の一ほど残っていた。

「リーリア、明日は活動するんだろう？　寝坊したら他のみんなに迷惑かけちゃうよ？」

向かいで、空になっているライザの氷のグラスに酒を注ぐリート。

ライザの酒のつまみ用に木の実をローストしたものがテーブルに置かれている。

「うーん……」

とリートの言葉に反応はしたものの、意識がないため思考停止していて一向に動く気配はない。

「妾がリーリアをベッドまで連れて行こう」

ライザが笑みをこぼしながらリーリアに肩を貸してゆっくりと席を立ちあがる。

そのままリーリアを支えながら部屋へと連れていく。

寝言だろうか、近くでライザの匂いを感じ取ったリーリアは「ライザ、さん……」と瞼を閉じたままにこりと頬を緩める。

「リーリアは本当にかわいいなぁ」

ライザは音をたてないように部屋のドアを開きリーリアを連れていく。

真っ暗なリーリアの部屋に、ライザと彼女の肩を借りるリーリアの二人。

「……う、うぅん。……おにいちゃん」

小さく寝言をこぼすリーリアにライザが微笑む。

「リーリアよ。お前の気持ちも分かるがな、もう少し兄へ甘えたらどうだ？　お前が我慢するよりも、その方がリートのためになると妾は思うがなぁ……」

リーリアとの仲である。ライザはリーリアの兄に対する気持ちを理解しているが、優しく見守ると決めた彼女は決して直接的にリーリアへ伝えることはしない。

ゆっくりとリーリアをベッドに寝かせ、静かに布団を上にかける。リーリアの寝顔をしばらく眺めてからライザはリーリアの部屋を出た。

そして再び椅子に座り、残った酒を楽しむ。

静かにグラスを傾けるライザと向かいで茶を飲むリート。

そんな沈黙を破るようにしてライザがポツリと話し始める。

「……妾はリーリアももちろんそうだが特にリート、お前が心残りなのだ」

「？」

口火を切ったライザだが、突然の彼女の言葉が意味するところを理解できないリート。

「妾の余生はできる限りお前を見守りたいと思っている。あのリーリア一人ならば問題ない。だが、お前をずっと見守ることはできないのが、……心残りなのだ」

「余生ってライザさん、まだ若いじゃないですか」

冗談めいた口ぶりで答えるリートだが、ライザの表情は神妙なままだ。

「ああ。ここにいるお前なら妾でもその歩みを見届けることができる。だがリート、お前は魔術師なのだ」

「……」

「妾はすでに魔術師の呪縛、いや呪いから解放されている。だからこそ妾が見届けることができるのは今のお前とリーリアだけなのだ……。お前も数多く経験してきたであろうから、妾が言っている意味が分かるだろう？」

「ライザさん……」

リートとライザは、互いに身の上を明かした仲である。

神妙な面持ちのリート。

「固執してきたものが綺麗さっぱり妾の中から消えてしまった。残ったのは妾の愛憎がひどく込められたこれだけだ。妾の中心にあったであろう未練も執着もなくなり、あとはただ死を待つだけだった妾に人間らしい感情や生きがいを与えてくれたお前が、心底愛おしい……」

どこからともなく一冊の本を取り出したライザ。

濃厚な魔力が籠った魔導書の表紙の文字を懐かしむようになぞる。

「……」

「やっと呪縛から解放されたのに、それが故にお前の行く末を最後まで見届けられないのが甚だ残り惜しいのだ」

グラスに入った酒を一気に呷るライザ。

「お前の魔術は、魔術師に珍しく優しい。自分のためではなく、他人のための魔術。そんな魔術を持ったお前が歩む修羅の道は妾が歩んだものとはまた違った意味で残酷なものだろう」

まるで我が子を見るような優しい眼差し。それがリートに向けられる。

そしてそれは、これまでリートが知らずに生きてきた温かい眼差し。

「僕が歩く道……」

自分がどこに向かって歩いているのか自身でも分からない。すでに旅路についているが、向かう先が遠すぎるのかまるで見えてこない。

「……珍しく酔ってしまったかもしれんな。久しぶりの食事の場だというのに辛気臭い話をしてしまった。そろそろ帰るとしよう」

ライザは氷でできたグラスを一瞬で沸騰させ、湯気となって消え失せる。

席を立ちあがり、玄関へ向かうライザにリートも合わせて立ち上がり彼女を見送る。

「ライザさん、今日は本当にありがとうございました。とても楽しかったです」

ドアを開けたライザはリートの頭を軽く叩いて「ではリート、またな」と残し帰っていった。

残ったリートはテーブルの上を片付けながら、ライザの言葉を頭の中で反芻する。

ドア一枚挟んで寝静まるリーリアが二人の会話の内容を聞くことはなかった。

○

次の日の朝。

「うーん……、ねむいなぁ」

朝早くにパーティーの仲間と冒険者ギルドで落ち合うことになっているリーリアは、寝ぼけ眼をこすりながら起きる。

昨夜は久しぶりにライザと夕飯を一緒にしたこともあって、普段リートと会話をしないリーリアは喋り疲れていた。

若干の喉の痛みを覚えながらリーリアは素早く身支度を済ませる。

「お兄ちゃんはまだ起きてないよね」

リートよりも早く起きたリーリアは出来る限り物音を立てないで家を出る。

もし出した音でリートが起きようものなら、玄関までわざわざ見送りに来てしまう。

「私が寝たあと、ライザさんとどれだけ話をしていたんだろう」

ふと夜中に目が覚めた際、二人の話し声はまだ続いていた。だが、声を抑えて話していたようで、リーリアがその内容を聞き取れるほどの声量ではなかった。

「お兄ちゃんにも、ライザさんと話すようなことあるよね……」

リーリアが嫌がっても自分からなんでも話しかけてくるリートが、リーリアがいない中でライザとだけ話している。その内容が気にならないわけではないリーリア。

「いけない、遅れちゃう！」

仲間との待ち合わせ時間まで僅かというところで、リーリアは走って冒険者ギルドへ向かった。

もともと運動神経もよく走りも速いリーリアである。あっという間にギルドまで辿り着く。

「ごめん、遅くなっちゃった！」

ギルドのドアを開け、仲間たち皆がすでに円卓に座っている姿を見つける。

「いいって。遅刻じゃないしねー」

慌てて駆け寄るリーリアに笑いながら手を振る少女。

「でも、レイムもブリエメもジョエルも集まってるし……」

「あたしはもともと朝早いの慣れてるからねー」

少女──、レイムは農家の生まれである。そのため朝早い農作業を長く続けてきたこともあり朝が早い生活には慣れているのだ。

「ボクはいつもレイムに叩き起こされているだけなんだけどね。ボクもリーリアみたくもっと寝ていたいよ」

「リーリアさんはまだ自分で起きられるからいいですけど、ブリエメさんは起こさないといつまでも起きないじゃないですかぁ」

レイムの右隣に座る少女ブリエメに対し、左隣に座る気の優しそうな少女が口を挟んだ。

「みんながみんなジョエルやレイムのように規則正しい生活が出来ると思わないでほしいね!」

ブリエメがレイム、ジョエルに目を向けながら強く言うが、二人は何とも思っていないようでにこにこと笑みを浮かべていた。

そんな三人の様子はいつもの事で、リーリアも微笑を浮かべながらブリエメとジョエルの間に座る。

「それで今日はどこに行こうかー」

レイムが今日の活動方針について口火を切る。

「昨日は皆さんお休みでしたからぁ、今日はいつもよりも少しハードでもいいんじゃないですかぁ?」

「ボクもジョエルに賛成かな。休みの次の日くらいしか万全に身体が動かせないんだし。しっかり稼がないとね」

頭の後ろで腕を組みながらブリエメも賛同する。

リーリアも二人に賛成である。

定期的に冒険者活動に休みを設けているのは身体のメンテナンスのためである。冒険者活動は力仕事だ。当然徐々にパフォーマンスが落ちていくことになる。そのため、休み明けの身体の状態と継続していった身体の状態はまったくの別物のように感じることがある。

徐々に身体全体に重りが付いていていく、潤滑油が切れていき徐々に柔軟な動きが取れなくなっていく、そして思考においても集中力の持続が短くなっていくように。

であるのなら、休み明けにこそ、最大のパフォーマンスが発揮できる日にこそハードなものをこなすのが最善だろう、とリーリアは考えた。

「私も賛成かな。でも少し気がかりがあって……」

「気がかり？　それってなにー？」

レイムが少し身を乗り出すようにしてリーリアに尋ねる。

「今日は少し喉が痛いの。昨日は話し疲れるほど喋っていたみたいで。だから声掛けが万全じゃないかもしれない……」

「なるほどねー」

「そうでしたか、リーリアさん」

三人はふんふんと聞いていた。

もともと活動前にこうして集まり話し合っているのは、活動方針もそうだが日々の個々人の身体的、精神的状態を確認するためなのである。

活動に不具合が生じるかもしれないであろう事情は、どんなに小さなことでも隠さないで正直に話し合う、というのがリーリアが所属するこの四人のパーティー『憧憬の剣』なのだ。

「というか、休みなのにリーリアが話し疲れるくらい喋るって……」

ブリエメが何か引っかかったようで、リーリアの言葉を繰り返しながら彼女の目を見る。

「それはあたしも思ったかなー。休みなら家にいたんでしょ？　お兄さんとの仲はどうしたの？　やっと元に戻ったのー？」

「カッコいいリーリアさんのお兄さんですかぁ。ダメですよリーリアさん、優しく接してあげないとリートさんがかわいそうですよぉ」

リーリアがリートに対しそっけない態度を見せていることを知っている三人は、思い思いに好きに言っていた。

「いや、だから……」

と、そんな三人の様子に苦笑いを浮かべていたリーリアだったが、ふと周りからの視線を感じた。

もちろん冒険者ギルドに設けられている円卓を使用していることもあり、周りには他の冒険者も多くいる。だがその多くは依頼の確認や自分達のパーティー内で『憧憬の剣』のように打ち合わせをしているのが普通で、普段はあまり視線を感じたりしないのだ。

（なんだか今日は妙に視線を感じる……。それもレイムやブリエメ、ジョエルではなく私だけ……？）

引っかかることは全て解消しておきたい、じゃないと余計な雑念が戦闘中に邪魔になってしまってはかなわない。

席についたリーリアだったが、再び立ち上がるとより多くの視線を感じる男性冒険者の集団の方へ向かっていく。

「ちょっとー、リーリア？」

「どこに行くんですかぁ？」

と呼び止めるレイムとジョエル。

「うん、ちょっとね。すぐ戻るから」

と足早に集団へ向かう。

「ねえ、私のことばかり見てたけど何かあるの？」

その男冒険者らは六人ほどで集まっており、特徴的な者でいけばハゲ頭と褐色の男がいたくらいか。

「い、いや、なんでもねえよ」

「そ、そうだよな？　誰もお前のことなんか見てねえよ」

と分かりやすく誤魔化す男たち。

「嘘をつかないで。私は剣士よ？　視線くらい分かるわ」

と六人に目を向けながらリーリアは続ける。

「私が何かしたかしら？　それともあなたたちが私に何かするつもりなの？」

「だ、だから、お前の見間違いなんじゃないか？」

リーリアが投げた質問はどれも違っていたようだ。

「……もしかして昨日私たちが休みの時に何かあったの？」

そこでハゲ頭の一人が分かりやすく目をリーリアから逸らした。

「「……」」

六人は図星をつかれたように押し黙ってしまった。

「図星のようね」

そしてリーリアは分かりやすく目を逸らしたハゲ頭の真正面に向かい合うように移動する。

「な、なんだよ！」

「何かあるのはあなたの方なんじゃない？」

そうリーリアに言われて顔が引きつるハゲ頭。

「昨日、何かあったのよね？　あなたは何を知っているの？」

もともと眼力が強いリーリアである。そんな彼女に睨みつけられたハゲ頭は後ずさりながら「ち、違うんだ。もう謝って終わったんだって……」とリーリアから目を逸らす。

「終わったってなにが？　早く言いなさい、じゃないと斬るわよ」

いくら冒険者は荒くれ者が多いといっても実際に人を斬るのはよっぽどのことがない限り許されることではない。それは相手が犯罪者などの事情がないかぎり。

だが厳しい視線を飛ばすリーリアは本当に斬ってしまいそうな程の圧をハゲ頭へ向ける。

視線を逸らしているばかりでなかなか口を開かないハゲ頭に、徐々に苛立ち始めるリーリア。

そこに隣の褐色の男が二人の間に入ってきた。

「リーリア、そこまでにしてやってくれ。確かに俺たちや周りのやつらがお前に目を向けていたのは昨日、何かがあったからだ。ジロジロと見て不快に思わせてしまったかもしれない、申し訳ない」

「だからそれが何かと私は聞いているんだけど？」

少し眼力を弱めるリーリア。

褐色の男は溜息を一度吐いて、ハゲ頭の肩をポンと叩いた。

「……昨日、お前の兄貴のリートさんが冒険者ギルドに来たんだ」

「えっ⁉　おにい――、兄がギルドに？　なんでっ⁉」

てっきり自分のことなのかと思っていたリーリアだったが、聞いてびっくり。兄のリートの名前が出てくるとは思っていなかった。

「朝早くだ。急にリートさんが来たから俺たちもびっくりしてな。いつもかなり世話になってる身だ、嬉しいやらお礼がしたいやら、なんでという疑問がごちゃ混ぜになってその場で動けずにいたんだがな」

そこで褐色の男がハゲ頭の肩をもう一度叩く。

「冒険者ギルドの多くのやつはリートさんの世話になっている。だがな、最近のヤツらや診療所に滅多に行かない連中なんかはリートさんを知らねえ。こいつも知らなかったうちの一人でな」

「……ああ、てっきり新人冒険者かなにかだと思ってな」

冷や汗を浮かべる額を手で拭うハゲ頭。

「……まさか、あなた」

新人冒険者を遊び半分で冷やかすのは、冒険者ギルドでは当たり前にされている悪習である。当然リーリアが登録したての頃も冷やかされた。

リーリアが危惧したのはつまりそういうこと。リートも同じような冷やかしを受けたのではないかと。

「いや、リーリア。それは本人に事情の説明と謝罪をして許してもらった。……と、いうか、リートさんは怒ってすらいなかったんだがな」

褐色の男がハゲ頭をかばうようにリーリアに説明するが、彼女にその言葉は届いていない。

「おに――、兄は絶対に怒らない人なのよ。どんなことをされようが怒らず、却って相手のためにその身を差し出す程に重度のお人よし」

「……あ、ああ」

「だけど、兄が許しても私が許さないわ。私と兄は家族。つまり兄の問題は私の問題でもあるのよ」

「……いや、まあ」

だんだんと鼻息が荒くなっていくリーリアに危機感を覚えていく二人。

「あなたは何をしたの？　兄に何をしたの？」

ハゲ頭に問い詰めるリーリア。少し治まっていた厳しい視線が再びハゲ頭に向けられる。

それには観念したようにハゲ頭もぽつりぽつりと口を開いていく。

「……肩を小突いて尻餅をつかせて、手を差し出すフリをして頬を一発叩いてしまった……」

それを聞いてリーリアは頭の中で尻餅をつきながらニコニコとしている兄の様子が容易に想像できた。

「本当にすまなかった……。しっかりリートさんにも謝罪はしたんだが――」

ハゲ頭の言葉途中で、リーリアは鞘に入った剣をそのまま目にもとまらぬ速さで振るい、ハゲ頭の顎を打ち抜く。

脳を揺らされ、軽い脳震盪を起こしその場で後ろに倒れるハゲ頭。

「これでチャラよ。兄のことは許してあげるわ」

「お、おい。さすがにこれはやりす――」

白目をむいて倒れているハゲ頭に目を向けてから、リーリアに批難の目を向ける褐色男だったが、彼女に無言で睨みつけられ黙ってしまった。

ハゲ頭と褐色男以外の他の四人も黙ってリーリアを眺めていることしかできなかった。

対するリーリアは用も済んだと踵を返して、レイムら三人が座る円卓へと戻っていく。

「ごめんごめん。ちょっと時間かかっちゃった」

と謝りながら椅子に座るリーリア。

「……ボク時々思う時があるんだけど、リーリアってリートさんを嫌っているのか分からないんだよね」

先ほどの様子を見ていたブリエメが頬杖をつきながら口を開く。

「あたしは、リーリアはリートさんが大好きだと思っているけどねー。さっきのもブラコンが発揮したからでしょー」

「ブ、ブラコン⁉　なんで私がおにい――、兄のことが大好きな前提なのよ！」

ブラコンと言われ、頬を赤らめながら反論するリーリア。

「リーリアさん、リートさんのことを兄とよく言い直してますけど普段通り『お兄ちゃん』と呼んでもいいのですよぉ？」

「そうだなー。普段お兄ちゃんって呼んでるやつしかわざわざ兄なんて言い直さないしなー」

「なんでリーリアはリートさんに対して冷たく当たるんだい？」

ブリエメの問いにリーリアは顔を真っ赤にしながら「い、意味わかんない。こ、これが普通なんだから」と三人から目を逸らす。

そんなリーリアをじーっと見つめていた三人だったが、これでは活動開始も遅くなってしまうと判断したレイムが話題を戻す。

「まー、いいや。ブラコン話は今日戻ってきてからのお楽しみにいましょうってことでー。今日はダンジョンに潜ろうか」

レイムの言ったダンジョンというのはガイリン帝国内にある『力の洞窟』と呼ばれるところで、直接的な依頼は出ていないものの洞窟で狩られる魔獣の部位が高値で売れるのだ。

依頼とは異なり完全出来高制の儲けで、魔獣が狩れなければ無駄足を踏むだけに終わってしまう。逆に狩れば狩るほど、また何の魔獣が狩れたかで依頼をこなした報酬では考えられない程の金銭を手に入れることもできるのだ。

「そうだね。一番動けて一番集中力が保てる今のうちに潜っておいた方がいいかもね」

「気がかりなのはリーリアさんの喉、でしょうかぁ」

「そうだなー、前衛はリーリアだからなー。声掛けは重要だもんな。今日はいつも以上に用心していこー」

四人は互いに顔を見合わせた後、頷き合う。

「それじゃ行こう！」

リーリアが立ち上がり、三人も合わせて立ち上がるとギルドを出て『力の洞窟』へと向かうのだった。

あとがき

皆様、どうもご無沙汰しております。『隻眼・隻腕・隻脚の魔術師』の作者、すずすけでございます。書いている時から自分でもタイトルが長いなと常々感じている次第でございます。

個人的には『欠損魔術師』として本作を管理しています。ですから時々、「隻眼、隻腕、隻脚」の順番がごっちゃになってしまうこともあるのですが、これは裏話ということで。皆様も本作のタイトルが長く覚えきれないときは『欠損魔術師』として覚えていただければと思っています。

ということで本作『欠損魔術師』も二巻が刊行となりました。内容はいかがでしたでしょうか。それともまだ内容を読まずにあとがきから読んでいるのでしょうか。一巻のあとがきにも同じようなことを書きましたが、あとがきから読むあなた、私同様に変人でございますね。ぜひ、早く本編をお楽しみください。

さて、では今回は本内容について軽く触れておきましょう。

エインズがスラムの少女シアラに手厳しい言葉をぶつけたあたりのことを。

あれは私が日々思っていることでございます。性格が悪いと言われてしまえばそれまでなのですが、他者に救いを、助けを求めるだけの人に抱いている感想なのです。

もちろん実生活において救いを求める人の手を払い除けるようなことはしませんが、それでも心のどこかでモヤッとしたものが残るのです。

エインズの言葉はもちろん魔術のためにシアラを煽（あお）った言葉なのですが、私のそのモヤッとしたものを代弁したものでもございます。善や偽善よりも、自分の好きや嫌い興味関心を優先できるエインズの性格にどこか憧れを持っているのです。

皆様の目にエインズの姿はどのように映っておられるのでしょうか。よく私は「エインズのサイコパス感がたまりません」という感想をいただいていたのですが、どうでしょう?

私の中でのエインズとは、絶対に譲れない何かと自分を持ち、その一点においては絶対に他者に迎合しない好青年なのです。

私もエインズのように、絶対に譲れない何かや絶対の自分というものを持ちたいものです。実生活において迎合というものは結局のところ残念ながら重要なものでございます。コミュニティの中で生きる以上、「円滑さ」は必要なのですから。

ですがきっと、そんな些末も気にならないほどの絶対の何かを手にした方が毎日は楽しいのでしょう。ペットボトルの飲み物を飲むときに注ぎ口いっぱいに口をつける人も、きっとそういった絶対の何かを持っておられるのでしょう。そういえばこの前も、友人から——、この話は長くなりますので今回はやめておきましょう。

さて、こうして素人のお話を一巻に続き書籍にしてくださったTOブックス様、引き続き素晴らしいイラストを描いて下さったすみ兵様、また本作書籍に携わって下さりました関係各社様、心から感謝申し上げます。ありがとうございました。

最後に今作も手に取っていただいた皆様にも心から感謝申し上げます。ありがとうございました。では次回も皆様にお目にかかれることを願いまして失礼いたします。

すずすけ

コミカライズ2023年夏WEB連載開始!
隻腕の
魔術師
@COMIC
CORONA EX
コロナEX

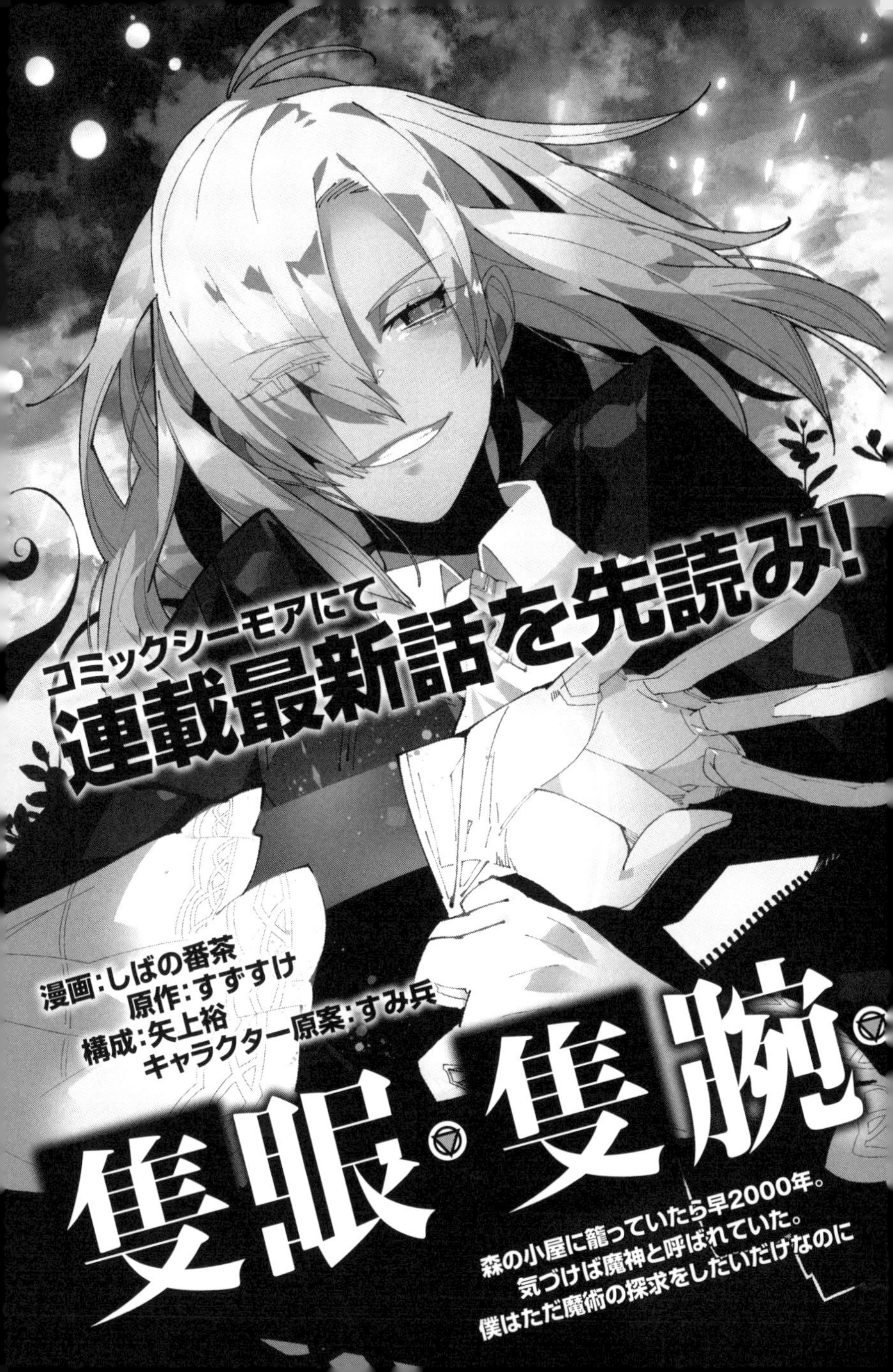
コミックシーモアにて
連載最新話を先読み!
漫画:しばの番茶
原作:すずすけ
構成:矢上裕
キャラクター原案:すみ兵
隻眼・隻腕
森の小屋に籠っていたら早2000年。
気づけば魔神と呼ばれていた。
僕はただ魔術の探求をしたいだけなのに

隻眼・隻腕・隻脚の魔術師２
～森の小屋に籠っていたら早 2000 年。気づけば魔神と呼ばれていた。僕はただ魔術の探求をしたいだけなのに～

2023 年 4 月 1 日　第1刷発行

著　者　**すずすけ**

発行者　**本田武市**

発行所　**TOブックス**
〒150-0002
東京都渋谷区渋谷三丁目1番1号　PMO渋谷Ⅱ　11階
TEL 0120-933-772（営業フリーダイヤル）
FAX 050-3156-0508

印刷・製本　中央精版印刷株式会社

ISBN978-4-86699-799-5